新潮文庫

残りものには、過去がある

中江有里著

新潮社版

11554

目次

残りものには、過去がある

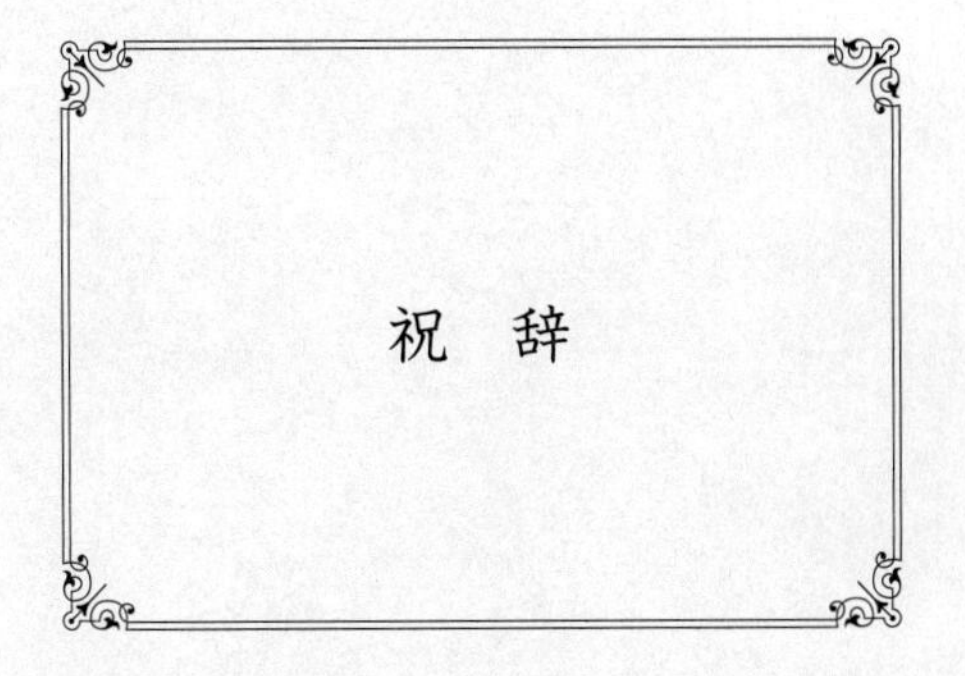

祝辞

懐（なつ）かしい駅に降り立った。

何年ぶりだろう、と頭の中で過ぎた年月を数えてみる。

「……九年か」

まだ、ギリギリ一昔ではない。栄子（えいこ）は三十代に入ってから、二十代の出来事をよく思い返すようになった。

九年前まで、栄子は毎日この駅のそばにある私立大学へ通っていた。勉強は落ちこぼれない程度に取り組み、授業の合間を縫って、住んでいたアパート近くのファストフード店でのバイトに精を出し、稼いだお金を友だちとの飲食に使い果たした。残されたモラトリアムが短いことから目を背けながら、日々を過ごしていた。

冷気を感じ、首もとのレーヨンストールをしっかりと巻き直す。この季節は、マフラーを使うほど寒くはないけど、春の薄物では少し頼りない。ちょうどいいアイテムを探しあぐねているうちに本格的な春が来る。

あの頃もそうだった。自分にちょうどいい将来を探しているうちに、親のコネで就職先が決まってしまい、気がついたら卒業を迎えていた。社会に出ると、与えられた仕事をこなすことで頭がいっぱいになった。

相変わらずこの辺りは楽器店が多い。店に出入りする人を避けながら先を急ぐ。

大学を卒業してすぐ、友だちの友だちにミュージシャンを目指していた子がいて、誘われて原宿のライブハウスまで聴きに行ったことがあった。栄子には音楽の善し悪しはわからないが、女の子がギターをかき鳴らす姿は格好良く見えた。あの子はプロのミュージシャンを目指している、と栄子を誘った友だちは言った。自分が見られない夢を見ている彼女を羨ましく思った。

ライブが終了し、高揚した栄子は会場限定販売のCDを記念に買うと、ジャケットにあの女の子のサインが入っていた。いつかあの子がデビューしたら、プレミアがつくかもしれない。それからライブを思い出しながら何度もCDを聴いた。

栄子は二十九歳で結婚し、それまでに数度の引っ越しをしたが、あのCDは手放さず書棚のどこかにしまいこんでいる。

ホテルの案内図が急に視界に入り、現実に引き戻される。今日の目的地は、坂をのぼりきったところにある老舗ホテル「ホテル・オーハシ」。

ステンドグラスを使ったクラシカルな玄関に足を踏み入れると、外とは違うアンバー色の灯が迎えてくれる。すぐに蝶ネクタイをつけたホテルマンが笑顔で近づいてきた。

「いらっしゃいませ」

栄子がクロークの場所を訊ねると、恭しく案内してくれた。小さなことでも丁重に扱われるのは、くすぐったくも心地よい。

冠婚葬祭用の黒いトートバッグから金色のクラッチバッグを取り出したあと、コートとともにクロークに預ける。

首に巻いていたストールを大きく広げてノースリーブの腕を覆う。薄いクラッチバッグを左腕で脇に抱え、ようやく身軽になれた。

トイレを済ませ、化粧を直し、全身を鏡に映してみる。

薄いブルーのドレスはネットで購入したブランド品だ。売り主が一度着用したらしいが、クリーニング済みだし、値段も新品よりもずっと安い。要らなくなれば、クリーニングしてまた売るつもりだ。

栄子はクラッチバッグから「高野栄子様」と書かれた封筒を取り出す。中から二つ折りの厚紙を引っ張り出した。

早春の候　皆様にはお健やかにお過ごしのこととお慶び申し上げます
このたび　私たちは結婚式を挙げることになりました
つきましては、日頃お世話になっている皆様に　感謝の気持ちを込めて　ささやかな小宴を催したく存じます
ご多用中誠に恐縮でございますが
是非ご出席賜りますようお願い申し上げます

伊勢田　友之　　鈴本　早紀

日頃お世話になっているって、どれくらい世話になった人のことをいうんだろう。呼ぶ人と呼ばない人の線引きをするのが面倒で、栄子は式も披露宴もしなかった。親族で食事会を開いただけだ。

記

20XX年　3月　24日

挙式　正午〜チャペルシエル（本館）
披露宴　午後1時　別館　桔梗の間

スマートフォンを見ると、あと十分で正午になる。ついでにラインをチェックする。今日も夫の一也は出勤している。行きの電車で「何時に帰る？」とラインしたが、未読のままだった。また遅くなるのかもしれない。夕飯は一也の好物の特上すき焼き弁当とフルーツ丸ごとゼリーを買って帰ろう。少し贅沢だけど、一也は仕事で頑張っているんだから。

栄子も今日は仕事だ。できるだけしっかりと、クライアントが満足できるよう、きちんと務めたい。

今日だけの、新婦の友人を演じるのだ。

レンタル友だちのことは、SNSで知った。短時間で稼げる仕事を探していた栄子は、半分興味本位でスタッフ登録をした。

初めての仕事は、私立小学校の入学説明会だった。保護者の代わりに説明を聞いて、配られたアンケートなどに記入し、資料や入学願書とともに説明会の雰囲気をレポートにまとめるというものだった。説明会の独特な雰囲気に、代理出席とバレやしないかとドキドキした。その後クライアントの子どもは無事合格したそうで、会社を通じて栄子にまで報告が届いた。そのおかげでこの仕事に自信が持てた。クライアントの人生の大事な場面にかかわるのだ、と思うとやりがいを感じた。もう二年目。頼りにされるのも慣れてきた。

栄子は三十一歳という年齢の割に落ち着いた風貌のせいか、冠婚葬祭の参列依頼が多い。以前勤めていた外車の輸入代理店での会社員時代も上司から「安心感がある」とお墨付きを得ていて、努力の甲斐もあり、店舗での接客の評判もよかった。ようするに浮ついた感じがしないということだろう。

国産自動車販売店勤めの一也とは、同業種が集まる飲み会で知り合い、二年付き合って結婚することになった。

「子どもが出来にくい」。念のために受けたブライダルチェックで医師にそう告げられた。栄子は自分を健康体だと信じていただけにショックを受けた。

怖々と一也に相談すると「治療すればいいじゃん。今は医療も発達しているし。大丈夫だよ」と明るく答えたので、栄子は救われた思いがした。

結婚と同時に栄子は会社を辞め、妊活を開始した。会社は辞めたくなかったし、上司や同僚たちに惜しまれたが、何かを得るには、何かを捨てなければならないと思った。

定期的な通院とともに、体質改善のための漢方薬を服用し、不妊に効くという鍼灸(しんきゅう)院にも通った。旅行の際は子宝に恵まれるという神社巡りを予定に組み込んだ。タイミング法を試し、病院では人工授精をしたが、これまで一度も妊娠しなかった。

チャペルにはすでに多くのゲストが集まっていた。後ろの通路側が一席空いていたので、そこに腰を下ろす。外光を採り入れた純白のチャペルは、ひんやりとした空気が流れて、自然と厳かな気持ちになる。

栄子はそれとなく周囲の人々を観察した。今日は比較的若い男性のゲストが目立つ。その男性陣の間に彼らと同年代の女性が数人紛れている。

新郎と新婦は、同じ会社の社長と社員だ。ということは、この男性たちは新郎の部下で、女性たちは新婦の同僚というところだろう。

栄子の席からバージンロードを挟んで反対側に、会社とは関係なさそうな和装の初老の男女とその娘らしい女性がいた。

和装の、両親らしき二人が、振(ふ)り袖(そで)姿の娘を挟んで座っている。娘の表情は、離れたところから見てもわかるほど仏頂面だ。新郎側だろう。

「……どうしてこっちに座ったんだ」

「空いている席にどうぞって、係の方がおっしゃったんですよ」

小声のやりとりははっきりと耳に届いた。なのに娘は両親の言葉が聞こえないかのように、表情を変えない。栄子は自分とそう変わらない年齢に見える娘のことが少し気になった。

パイプオルガンの音が響き、ゲストは一斉に後ろを向く。扉がわりに何重にも吊されたオーガンジーのカーテンの向こうから、新郎が一人あらわれた。

白いタキシード姿の新郎はやけに大柄だった。縦だけではなく、横にも大きい。髪はスタイリング剤を使ってバックになでつけられ、うっすらと頭皮が透けて見えた。

何かに似ている。白くて、丸いシルエットの、カバに似た動物。

前につきだしたお腹を揺らし、ノシノシと効果音をつけたくなるような足取りでムーミン似の新郎は祭壇前に到着した。よく見ると、顔は真っ赤で息が上がっている。まさかこの短距離を歩いただけで……栄子は新郎の体調が心配になった。

再び振り向くと、細身の初老男性にエスコートされて新婦が入場してくる。長いベールに隠れて顔ははっきり見えないが、細面で凛々しい表情をしていた。

ドレスは真珠に似た光沢のシルク素材。新婦が歩く度にスカートのドレープがとろけるように揺れる。細いウエストを強調するラインで、腕から胸元までは繊細なレースで覆われていて、肌を露出しすぎず品が良い。栄子が参列した式で、おそらく一番高級なドレスだ。まるで床上一センチを滑るように歩く優雅さは、白い妖精（ようせい）を思わせた。

自分の時のレンタルドレスを思い起こす。「写真を撮るだけだから」と一番安いのにした。妊活のために、無駄なお金は使いたくなかったからだが、栄子は今でも後悔している。人の記憶は美化されるか、忘れられるけれど、写真は残酷なまでにその瞬間を残してしまう。

祭壇前に新郎と新婦がそろい、賛美歌の演奏が始まる。栄子も式次第で歌詞を確認しながら声に出して歌う。ちらっと見ると通路の向こうのあの娘も式次第に目を落として、小さく口を動かしていた。

牧師が聖書を朗読し、新郎新婦に問いかける。小さく声をそろえて結婚の誓約をした二人は、指輪の交換をはじめた。

新郎が大きな体を縮めて、新婦の手を取り指輪をはめようとするが、うまく入らないようで顔を赤くして四苦八苦していた。新婦の手がかすかに震えている。まるで何かに怯えているみたいに。

　新婦の震えに気づいた前方のゲストが、近くのゲストに耳打ちをする。チャペル内に不穏な空気が薄く広がっていく。栄子も前の人の肩ごしに新婦を見ていた。指だけでなく、ベールも微妙に震えているみたいだ。

　赤い顔の新郎は新婦の耳元に顔を近づけた。小声で何かささやくと、やがて新婦の震えは収まり、指輪も無事にはまった。

　牧師の祈禱、結婚証明書の記入などスムーズにすすみ、ゲストに結婚が成立したことが報告された。

　新郎新婦は腕を組み、何事もなかったようにゆっくりと笑顔を振りまいて退場していく。拍手が湧き起こり、あちこちからフラッシュがたかれ「おめでとう！」と祝福の言葉が投げられた。新郎新婦が栄子の前を通る時、新婦と初めて目が合った。

　つぶらな瞳、なめらかな肌の美しさに思わず見入ってしまう。この人は今、内側から光を放つ妖精なのだ。栄子はなぜか新婦の輝きにひれ伏したい気分になった。その時、つややかな唇が何か言いたげにかすかに開いた。栄子はしっかりと目を見て心の中でつぶやく。

（今日だけの友人ですが、よろしくお願いします）

その声が聞こえたように妖精は、目を細めた。

披露宴まで三十分ほどあるので、栄子は本館のカフェで時間をつぶすことにした。ハーブティーを頼み、スマートフォンをチェックする。一也から返信が来ていた。

(遅くなると思うから、メシはいいよ)

栄子は「了解」というスタンプを送る。

朝は一也の出社に合わせて一緒に食べるようにしているけれど、ただ食べるだけ。営業を担当する一也は、食べながら一日の予定を頭の中で組み立てている。かつて同業だった栄子にも、その仕事の熾烈(しれつ)さはなんとなくわかった。だけど一緒に暮らしているのに話も出来ないのはさみしい。もしかしてそうやって栄子のことを避けているのかもしれない、あの日から。

思わずため息が出る。気を取り直して、運ばれてきたハーブティーに口をつけようとした時、急に声が耳に入った。

「……いいよねぇ、玉(たま)の輿(こし)婚」

「え、じゃあさ、あんたも社長狙(ねら)えば良かったのに」

「無理無理無理無理！　申し訳ないけど、社長だけは無理だって」

ケタケタと笑う声の方をちらっと見ると、さっきの挙式の参列者だった。二人とも似たような形のピンクとボルドーのワンピースを着ている。

メロンソーダをストローでかき回しながら、ピンクがボルドーを戒めた。「声、大きいって」

「わかってるぅ」

二人は声を潜めつつも、会話を止める気はないらしい。

「あの子さ、やっぱりお金目当てかな」

「……はっきり言うねぇ。今日来ている人、みんなそう思ってるんじゃない?」

「やっぱりそうだよねぇ」

「ていうか、それしかなくない? 社長とあの子、いくつ違うか知ってる?」

「十七だっけ」

「十八歳差、社長が四十七歳で、あの子は二十九歳」

「そうだ。年の差婚で、格差婚」

ボルドーのスマートフォンが鳴って、会話が途切れた。

栄子はスマートフォンのメモ帳を開いてみた。

今日の仕事で栄子が知らされている情報は、新郎新婦の年齢と職業、そして新婦の出身地と学歴だった。その情報を基に、インターネットで調べたことをいつも自分なりにまとめておくようにしている。

新郎・伊勢田友之は企業・家庭向け清掃会社「イセダ清掃」社長。

友之は「イセダ清掃」創業者・伊勢田光男の長男として生まれ、有名私立大を卒業後、銀行勤めを経て、父の会社へ入った。株式会社イセダ清掃は、友之が社長就任後、法人向けだけでなく、家庭向けの清掃サービスや掃除グッズの開発をはじめ、業績を伸ばしている。

イセダ清掃は社員数四十名で大きな会社とは言い難いが、丁寧な仕事ぶりが評判を呼んでいる。

一方、新婦の鈴本早紀は長野市で生まれ、高校卒業とともに上京。大学在学中に両親が交通事故で亡くなる。大学を中退して、飲食店で働きはじめる。やがて放送大学に編入し、学士の資格を得た。その後、イセダ清掃に一年契約の社員としてやってきた。

まるで釣り合わない。経歴も見た目も。

栄子と新婦の早紀は、同じ長野県出身で年も近い、出身高校は隣町。そんな共通点を買われて今日の仕事が決まった。

結婚式への代理出席にはいくつかのパターンがあるが、大きく分けるとふたつ。ひとつは出席予定だった人が急遽出られなくなって代理出席者が必要になった場合、もうひとつはそもそも出席者が足りず、代理出席者が必要な場合。栄子は後者の事情で呼ばれている。

新郎側は会社関係と親族で人数は十分らしいが、新婦側の招待客が少なすぎて、新郎側とバランスが取れないのだ。そういう事情はこれまでにもあったが、今回は少し特別なことがある。

栄子は新婦の友人代表として、祝辞を述べるのだ。

「祝辞はこっちで考えるけど、悪いけど高野さんの方でアレンジしておいてくれる？ほら、新婦と同郷だし、なんかそれらしい地名とか、郷里の食べ物だとかさ」

会社の担当者からそう言われて、栄子は初めてのことに戸惑ったが、スピーチもオプションの一つなので断れない。会社のスピーチライターに準備してもらった祝辞を言われたとおりアレンジしてきた。昔から作文は得意だったけど、見知らぬ相手への祝辞を書くのは想像よりも難しかった。

これまでも冠婚葬祭では様々な役を演じた。初対面の人の友だちや親族として、数々の式に参列した。葬式の代理出席はさすがに心苦しいが、結婚式は何度出てもいいものだ。

服や美容室でのヘアセットは自前だが、交通費とお祝い金は依頼者持ちで、引き出物ももらえるし、フルコースが食べられる。そして日給がもらえる。周囲にバレないように気をつけるのも、スリルがあって密か(ひそか)に楽しい。

栄子はこの仕事を始めてから、世の中にはいろんな事情でその場だけの友だちを必要とする人がいることを知った。友だちだけじゃなく、家族、兄弟姉妹、親戚(しんせき)……栄子には両親と弟がいて、祖父母や親戚がいる。友だちと呼べる人はそれほど多くないが、そういう人がいない人の気持ちは想像もつかない。だから一也には、この仕事を始めるとき、人材派遣会社とだけ説明した。

ある日、家でテレビを見ていたら、レンタル友だちの特集が流れていた。一也が見入っていたので、興味を持っているのかと思いきや、眉間(みけん)にしわを寄せていた。

「なんか胡散臭(うさんくさ)いよな」

「えっ……」

「レンタル友だちって」

飲み干したビールの缶を両手でつぶしながら言った。

「友だちがいなくても、堂々としてればいいのに。友だち役を雇うって理解出来ない。

こういう仕事請け負う奴もおかしいよ、な？」

栄子は曖昧に頷いた。一瞬バレたのかと慌てて栄子がチャンネルを変えると、一也は機嫌良くサッカー観戦を始めて、ビールをもう一缶飲んだ。

栄子はこの仕事で得たお金は、すべて妊活に使っていた。一也は病院の支払いはしてくれるけれど、体質改善のためのサプリや鍼灸に掛かるお金までは頼めない。会社員時代の貯えは、将来の為に置いてある。

椅子をひく音を豪快にさせて、ピンクとボルドーのドレスが立ち上がった。

そろそろ、披露宴が始まる。

別館にある披露宴会場の受付でご祝儀を渡し、席次表を受け取ると、会場に入った。

チャペルとは対照的に、窓から差し込む外光はカーテンで遮られている。木目調の落ち着いた色合いの壁。各テーブルには白い花が丸いシルエットになるようにアレンジされて飾られている。椅子の背面にも同じ花がついていた。

正面のメインテーブル、新郎新婦の席は無人だ。前方のテーブルこそ座っている人が少ないが、そこから後方は、ほぼ埋まっており隣の人たちとお喋りに興じていた。

栄子より先にカフェを出たピンクとボルドーの女性たちも、前方に近いテーブルにいた。

新郎側の親族席は八席あって、幼児を含めると九名。みな興奮した様子でやたらと盛り上がっている。

栄子の席は入り口に近い後方のテーブルだった。仏頂面の娘ら三名も同じテーブルだ。基本は一テーブル八名だが、このテーブルは黙ってスマホをいじっている女性と男性、空席ひとつを含めて計七人。席次表を見ると、新婦側の親族、友人が中心の席だ。

栄子は同じテーブルの人たちに挨拶をした。

「新婦の早紀さんの友人の高野と申します。よろしくお願いします」

するとそれぞれに微妙な表情をうかべた。仏頂面の娘の右隣にいた初老の男性が立ち上がって、挨拶を始めた。

「早紀の伯父の芦谷と申します。これは家内と娘で……娘は早紀の幼なじみでして」

生真面目な口調で家族を紹介すると、娘の反対隣の女性も立ち上がる。

「妻の加奈子です。これは娘の貴子です」

両親から「これ」と呼ばれた貴子へ視線を移したが、貴子は一瞬目を合わせただけで、立ち上がらず、顎をすばやくひいた。多分挨拶をしたつもりなのだろう。

残りの女性と男性は「早紀さんの学生時代の友人です」と言った。栄子が席次表を見ると、高校名が記してある。

「じゃあ、長野時代のお友達ですか？」

「……そ、そうです」

「クラスは、違うんですけどね」

女性と男性は顔を見合わせて、口々に言った。

「よろしくお願いします」

挨拶を終えると、席に着いた。

栄子は「あっ」と心の中でつぶやく。もしかしたらこの二人も同業者かもしれない。大体本当の友だちがいるなら、友人代表の祝辞をレンタル友だちに頼んだりしないはずだ。

明りが段々と暗くなってきた。メインテーブルの脇の司会者席で女性のアナウンスが始まる。

「皆様、お待たせしました。新郎新婦の入場です」

軽やかな音楽とともに、入り口の扉が開いた。拍手の中、新郎新婦がゆっくりとゲストに挨拶をしながらメインテーブルへと進んでいった。

右の腹部がキュッと痛んだ。そっと右手を痛む場所にあてる。そろそろ排卵の時期だった。

「多囊胞性卵巣症候群でしょう」

ブライダルチェックでそう医者に告げられて、栄子はメモ帳に病名をあわてて記した。

「タノウホウセイランソウショウコウグン」

一度に覚えられないような難しい病名だが、ようするに、月に一度の排卵がうまく行われず、卵巣に卵胞が残ってしまっているらしい。その卵が連なって見えるので「ネックレスサイン」とも呼ばれる。月に一度、生理が来ていても正常ではなかったのだ。

不妊治療を始めると、まずは薬で排卵を促しましょう、と提案され、栄子は排卵誘発剤の服用を始めた。排卵を促し、タイミングを計って性交を持つ。

「言われてするのって、やる気起こらなくなりそうだよな」と一也は苦笑いしたが、栄子の指定した日には、出来るだけ早く帰宅してくれた。

「妊娠しないので、ステップアップしましょうか」

タイミング法で五度陰性を告げられたのち、医者のすすめで、人工授精をすることにした。人工授精は、あらかじめ採取した精子を洗浄し、子宮に注入する。以前より通院の回数が増え、待合室で過ごす時間が長くなった。初めての人工授精では、一也は出社を遅らせて病院に付き添い、院内採精してくれたが、二回目は仕事で付き添いが叶わず、病院から渡されたプラスティック製の入れ物に採精し、栄子が病院へと運んだ。

三度目には当たり前のように、栄子はひとりで入れ物を運んだ。それでも妊娠しなかった。

卵管や着床不全の検査も受けたが、特に問題はない。病院には栄子よりも年上に見える女性たちが通っている。

（あの人たちより若いはずなのに）

子どもが出来ない焦りが募った。

妊活を始めて、もう二年が経とうとしている。栄子と一也はセミダブルベッドでともに眠っているが、もう半年以上していない。

主賓の挨拶が始まった。新郎の取引先の社長が滔々と挨拶する。向かいに座る仏頂面の娘が小さくあくびをした。

長い挨拶がようやく終わると同時に、背をかがめた男性が空いている席に滑り込むように着いた。

「すみません」

男性は誰にいうともなく謝った。

テーブルの左側に置いてある席次表を確認すると、新郎友人・池田洋介とある。豊かな髪に所々白髪が目立つ。姿勢正しく、引き締まった体をしていた。

来賓による乾杯の挨拶が始まった。立ち上がりグラスを掲げ、その時を待つ。

「では、皆さん、ご唱和願います。伊勢田友之さん、早紀さんの結婚に乾杯！」

テーブルで「乾杯」の声とグラスのぶつかる音が響き渡る。栄子も来たばかりの池田と儀礼的にグラスを合わせた。仏頂面の娘は、いち早く口をつけている。ビールを一気に飲み干すと、唇の端に残った泡を手の甲でぬぐう。

「おいしい……」

声は聞こえなかったが、口はそう動いていた。

栄子はあらかじめ用意して貰(もら)った氷抜きのウーロン茶をちびちびと飲んでいた。体を冷やさないため、お酒は控えている。

一也には採精の予定日の三日前から断酒してもらっていた。お酒が好きなのに申し訳ないが、「痛い治療は栄子が全部引き受けているのだから、これくらい我慢して当然だよ」と一也は言った。

……一体、何が当然なのだろう。

我慢して、節制して、それでもうまくいかないのなら、もっと我慢して、節制すればうまくいくのか。努力しても、努力しても、むくわれないやるせなさがこみあげてくる。

卵子に良さそうなサプリメントは大体試してみた。冷えは良くない、と夏でも靴下を重ね履きした。今日だって本当はいつもの厚手のタイツを穿(は)きたいくらいだが、ドレスにそぐわないので、ストッキングを二枚穿きして冷えの防止をしている。薄いシルクの腹巻きはお風呂(ふろ)に入るとき以外は、ずっとつけたままで、もはや体の一部だった。

人工授精がダメなら、体外受精しかない。でもステップアップするには今までとは比べものにならないくらいお金が要る——栄子の稼ぎだけでは払えない。一也に賛成してもらわないと無理だった。

再び入り口の扉が開き、三人のホテルマンが恭しくウエディングケーキを運び込む。土台のケーキが見えないくらいちりばめられたフルーツが照明をあびてキラキラと光っていた。メインテーブルの前にケーキが到着すると、新郎新婦によるケーキ入刀の始まりだ。

「みなさん、シャッターチャンスです。どうぞ前にお進みください」

大げさに盛り上げるような音楽が始まった。するとほぼ同時に新郎側のテーブルで赤ん坊が泣き出した。あわてて母親が赤ん坊を抱き上げながら立ち上がってあやしたが、泣き声はどんどん大きくなる。

新郎新婦が赤ん坊の方を心配そうに見つめている。早紀は今にもナイフを置いて赤ん坊の元へやってきそうな、そんな表情をしているように見えた。スマートフォン片手にメインテーブル前に移動した栄子にも、母親の焦りが伝わってきた。火がついたように泣きわめく声は、皮肉にもＢＧＭと音量を張り合っていた。

「……タイミング悪」

突然どこからか栄子の耳に入ってきた。写真を撮りに集まった新郎の会社の誰かだろう。

「ったく、うるせえな、早く出て行けよ」

ぞっとするような冷たい声、冷たい言葉。

栄子はまたあの出来事を思い出した。

結婚してすぐ、二人で出掛けた沖縄行きの機内だった。式も披露宴も省略したが、新婚旅行だけは行きたかった。

離陸して間もなく、後方から赤ん坊の声がした。最初は頼りなく泣いていた声がどんどん大きくなっていく。栄子たちの席は前方だが、赤ん坊が機内のどこへ移動しようと声は届く。泣き声は収まる気配がなかった。

その前日、一也は仕事で遅くなり、ほとんど寝ておらず、羽田へ向う電車内でもずっと眠っていた。旅行のために、ここ数日無理して仕事をしていたのだろう。機内でゆっくりと眠らせてあげたい、と栄子は思ったが、これでは無理だ。かわいそうだけど仕方ない。そう思った時、目を閉じていた一也が眉間にしわを寄せて言った。

「うるさい、出て行けよ……」

何を言っているのか、意味がわからなかった。冷水を浴びせられたように、冷気が服を通り、肌に伝わり、体の芯が冷たくなった。飛行中の機内から、出て行けるわけないのに、どうしてそんな無茶を言うんだろう。

結局一也は沖縄に着くまで、目を閉じたままだった。栄子の中でさっきの一也の言葉がリフレインしていた。結婚したこと自体が間違いだったのかもしれない、と思うと涙が出そうになった。

ようやく飛行機が着陸すると、赤ん坊は泣き止んだ。よくぞ、と思うほど赤ん坊は強情に泣き続けた。空調のせいで足が冷えたが、ケアをする気力が起きない。栄子はフライト中も着陸してからも窓の外をずっと見ていた。

外は南国の光で満たされていた。早くここを出て、冷えきった体と心を温めたかった。

「あれ……着いたんだ。あーよく寝た」

振り向くと一也は目を擦って、大きなあくびをした。

「どうした、顔色が悪い。飛行機で酔った？」

一也は栄子の頭に手を置いた。

栄子はギュッとその腕にしがみついた。一也の体温が冷えた体をとかしていく。

「なんだよ、急に」

「なんでもない」

そんなに冷たい人のわけがない。栄子はたくましい腕に頬を寄せて、一也の顔を見上げた。

赤ん坊を抱いた母親は会場の外へ出て行った。

「あらためてケーキ入刀です！」司会の声を合図に、ケーキ入刀は始まった。栄子は前の方に陣取る新郎の会社関係者の後ろでスマートフォンをかざし、写真を撮った。

「こっち見てください、社長」

「早紀さん、笑って！」

新郎新婦はゲストたちの言葉に照れながらも、言われた通りに目線を送り、笑顔を振りまいていた。

スマートフォンの画面越しに見る新郎新婦は、合成写真みたいに似合わなかった。年の差婚で、格差婚。社員たちが言うのも無理ない。

栄子には盛り上げようとするゲストたちが、どことなく空回りしているように感じた。

社長の結婚式となれば、呼ばれた社員は何を置いても参列するだろう。改めて席次表を見るとやたらと会社関係者が多く、友人、親族は少ない。

そのことを本人たちはどう思っているのだろう。この結婚を周囲から反対されなかったのだろうか。

栄子が初めて一也を両親に紹介したとき、父はこう言い放った。

「高野くんは、栄子と結婚する気はあるの？」

一也と付き合っていることは報告していたが、結婚の話をしたことはなかったし、一也とも話したことはなかった。

「ちょっとお父さん、そんなこと急に言われても……」栄子はあわてて父をさえぎると、

「はい。そのつもりで栄子さんとお付き合いしています」

一也は滑らかに答えた。

それをきっかけに、結婚の具体的な日程が決まり、両親に紹介してから九ヶ月後の栄子の誕生日に婚姻届を提出した。

嬉しくなかったわけではない。いつか結婚はしたいと思っていた。けど、栄子は人生の一大事を自分で決めきれなかったことが心残りだった。一也のことは好きだったが、この人と絶対に結婚したいとまでは気持ちが高まっていなかった。でも踏み切ってしまったら、もう後へは引けない。

結婚してからも、一也は基本的に優しい。それなのに沖縄旅行以来、栄子は不安になる。思い出すたびに、この結婚は間違いだったのかも、と何度も思った。

子どもが出来れば、一也との仲はさらに深まり、家族の一体感が生まれるはず。この結婚は正解だと、栄子は誰かに認めて貰いたかった。

ケーキ入刀を終えると、歓談と食事タイムに入った。席に戻ると、すぐに前菜が運ばれてきた。白い皿につややかなサーモンのピンクが映える。栄子はうっとりと皿を眺めた。

「あの」

隣にいる新郎の友人・池田(いけだ)が低い声を発した。

「新婦のお友達の……高野さん」

席次表で確かめながら、栄子の顔を見た。

「はい」

「わたしは、新郎の高校時代の同級生で、池田と申します」

「どうも、早紀さんの友人の高野です。長野の小中学校の同級生でして」

「へぇ、そうなんですか」

栄子は保育園の卒園と同時に父の転勤で東京へ引っ越しをした。もし引っ越ししなければ、早紀と同じ市立小学校、中学校へと進学していただろう、そうすれば本当の友だちになっていたかもしれない。

「早紀さんも美しいけど、高野さんも負けてないなぁ……失礼ですが、結婚されているんですか」

思わず左手の薬指に右手の指が触れた。指輪を確認しながら「ええ」と答えた。

「そうかぁ、残念だな」

なんと答えて良いのかわからず、栄子は曖昧に笑う。

「しかし伊勢田は、いい嫁さんゲットしたなぁ。あいつ、同級の中で唯一の独身だったんですよ。残りものには福がある、っていうけど、本当なんですねぇ」

池田の顔は赤かった。まだ始まったばかりなのに、すでにかなり飲んでいるのだろうか。

「あ、残りものなんて、失礼ですね。あんなきれいな嫁さんを」

ワハハと笑った池田との会話を切り上げようと、栄子は食事を再開した。

（残りものって、早紀さんじゃなくて、伊勢田さんの方でしょ）という言葉と付け合わせの野菜を一緒にかみ砕く。

その空気を感じ取ったのか、池田もグラスを置き、ナイフとフォークを手にし「フレンチなんて久しぶりだな」と独り言を言いながら料理と格闘し始めた。酔っ払いと話しても不毛だ。相手は何も覚えていないのだから。

半年前のあの日。一也は、深夜に玄関のチャイムを何度も鳴らした。普段なら先に寝ている栄子を気遣って、合い鍵で入ってくる。そうしないのは、栄子に構ってほしいからだろう。

仕方なく玄関に出迎えると、酔っ払った一也が手を振っていた。

「おかえり……お風呂入ったら」

「面倒だから、いいよ」

フラフラとした足どりでリビングに入ると、脱いだジャケットをソファに「そーれ」と投げだし、ネクタイを緩めようとするが思うように外せない。

「はーずーせーなーいー」珍しく甘えた口調でダランと手を下げたまま、立っている。

仕方なく栄子は外すのを手伝おうと、ネクタイに手をかけた。

「栄子ぉ」

「なあに」

栄子はネクタイをほどくのに集中していた。それきり言葉を発しない一也の気配を感じ、顔を上げた。

一也の瞳には栄子が映っている。ただ映っているだけで、栄子を見てはいない。栄子はすぐ目の前にある夫の顔を、見知らぬ他人のもののように感じた。

「おれ、子ども、いいや」

「え」

タイミング法から人工授精にステップアップして半年ほどだった。

「子ども、いいって……いらないってこと」

「……」

答える代わりに一也は目を伏せた。

「おやすみ」

ほどけたばかりのネクタイを栄子の手に残して、一也は寝室へ消えた。

栄子は一也と一つのベッドで眠れる気がしなくて、リビング脇の和室に布団(ふとん)を敷いて横になった。

一也が子どもをいらないと言ったことはショックだったが、栄子はどこかでホッとしていた。生理が来る度に通院するのも、副作用のある薬も、鍼灸やサプリメントも、それらに掛かるお金を稼ぐのも、すべては子どもの為だった。そうまでしないと妊娠できない自分を不完全だと思っていた。

子どもさえいれば——

なかなか寝付けず、エビのように体を丸めて布団を頭までかぶり、口元にタオルをあてる。すると涙があとからあとから流れ出た。

目が覚めたとき、すでに一也は出社していた。食パンを焼かないまま食べたようだ。牛乳を飲んだあとのコップがシンクに残っていた。

どんよりとした体を引きずって、栄子はヨガ教室へ行った。ヨガも妊活の一環で始めたのだから、もうやめてもいいのだけど、まとめ買いしたチケットが残っている。これを消費したらやめよう。鍼灸もチケット制だから使い切ったら終わりにしよう。

栄子はヨガの深い呼吸とともに、足の指の先の毛細血管まで血液を送り込むイメージをする。やめることが順番に脳裏に浮かび上がった。そしてはたと気づいた。

やめたら、仕事も辞めるのかな。

妊活のために働いているのだから、辞めて専業主婦になるのも手だ。いや、主婦すら、やっている意味が栄子には見いだせない。

結婚も、やめてしまえば。

一也と別れるなんて考えたこともなかったが、そういう未来だってありうる。それなら仕事を続ける意味もある。

その夜、ケーキを買って一也は帰ってきた。

「ありがとう」

「チョコレートケーキ、好きだろ」

食後、コーヒーを入れてケーキを食べた。

「次、いつ病院？」

「病院は明後日(あさって)行くけど……」

「そっか。じゃ、また報告して」

「……うん」

酔っ払った勢いで出た言葉を、一也は覚えていないのか、それとも本音を隠しているのか。栄子にはわからなかった。

スマートフォンが震えている。膝(ひざ)の上で確認すると、一也からのラインだった。

（どこにいる？）

栄子は友だちの結婚式に出る、と話していた。

（ホテル・オーハシ。披露宴の真っ最中）

（あ、そうだった）

妙な感じがした。栄子が一也の居場所を聞くことはあるけど、向こうが聞いてくるなんて。

（どうしたの？　なにかあった）

（いや、最近ちゃんと話してないから）

栄子は返事に困って、一也の次の言葉を待った。しばらくして、少し長めの文章が入った。

（栄子がなんか悩んでいるんじゃないかと思って、心配だったんだけど、おれも忙しくて、話聞いてやれなかったから）

栄子はスタンプを送るべきか、それとも文章にするか考えた。言葉だと深刻になるし、スタンプだと軽すぎる。

迷っているうちに、次のラインが入る。

（おれも栄子に話してないことがある）

（なに？）

聞きたくないけど、聞かずにはいられない。一也は夫なのだから、妻として聞くべきなのだろう。

（やっぱり会ってから話すよ）

ラインの見慣れた文字なのに、一也のためらいが感じられた。

（一也は何しているの）

普段は仕事中にラインのやりとりなどしない。休憩中か、移動中だろう。

（病院にいる）

驚いて栄子はスマートフォンを手から滑らせそうになった。

（どうしたの？）

一也の返信は中々来なかった。また右の腹部がキュンと痛む。怪我でもしたのだろうか、もっと深刻なことなのか、栄子はいても立ってもいられず会場を出ると、一也に電話をした。

「おかけになったお客様の電話は、電源が入っていないか、電波の届かないところに……」

病院にいる、というのだからどちらにしても電話に出られる状態ではないのかもしれない。とりあえず現状だけでも知りたいのに。

仕方なく会場に戻り、席に着くと目の前にコンソメスープが置いてあった。食べかけの前菜はスープ皿の奥に移動している。周囲はスープを飲み終えたようで空の皿を前にして、それぞれお喋りしている。池田は（自称）新婦の友だちの男女と。芦谷夫妻は相変わらず小声で何か言い合っているが、間に挟まれた貴子は怒ったような無表情で、空の皿を眺めていた。

一也のことが気になって、どうにも落ち着かず、スマホの画面を見つめていた。すると紺色の制服を着た女性スタッフがそっとそばにやってきた。

「高野様でいらっしゃいますか？」

「あ、はい」

女性は膝を曲げてかがむと、栄子にだけ聞こえるように、顔を少し近づけた。

「このあと、ゲストの皆さんの祝辞をいただきますが、まず新郎様のご友人からお祝いの言葉を頂き、そのあと、高野様となります。まもなく、私か他の者がご案内に伺いますので、こちらの席で待機をお願いいたします」

「わかりました……」

栄子は浅く腰掛けていた椅子に座り直した。

ふとメインステージに目をやる。

新郎新婦は食べることなく、ゲストたちとの写真撮影に応じていた。フラッシュを浴びる二人の表情は、格差婚だとか年の差婚なんて言葉を忘れさせる笑顔だった。早紀はゲストにも、隣の新郎にも目を配り、声をかけられる度に柔らかく頷いている。きっと気配りの人なのだろう。

新郎新婦の前に立って、記念撮影をしているのは、先ほどカフェで隣り合ったピンクとボルドーのワンピース。

「おめでとうございます、伊勢田社長」

「早紀ちゃん、よかったね。今度新居に遊びに行かせてね！」

栄子は二人の猫なで声に呆れ、そして怖くなった。さっきまであんなにディスっていたのに、そんな本音を微塵も見せない。

だけど栄子の中にも、あの二人とおなじ気持ちがないわけじゃない。昔読んだ本に、結婚は「お金と顔の交換」と書いてあった。お互いに欠けているものを埋め合うのが結婚なのかもしれない。

相手が好きだから、とそれだけで結婚できてしまうのは若さと経験値のなさがなせること。結婚は生活にも直結する。結婚して家族になればあらゆる責任が生じる。配偶者とは運命共同体になり、命綱にもなり、いつかは介護要員……邪心も計算もなく結婚した人がいったいどれくらいいるのか。誰もが相手が結婚相手にふさわしいかを測っているし、自分も相手に測られている。

栄子は新郎新婦に心の中で問いかける。

あなたたちは、互いに望んで結婚したのですか？

それとも何かを交換し合ったのですか？


栄子は婚姻届を出す前日、実家に戻った。

すでに一也とは同居していたが、父が「家から嫁に行け」と時代錯誤なことを言いだしたのだ。両親が望んだ結婚式も披露宴もしなかった後ろめたさから、一つくらい言うことを聞こうと実家で過ごすことにした。

母が用意してくれたご馳走を三人で食べて、ゆっくりお風呂に入った。朝、目覚めて台所へ行くと、母が朝食の準備をしていた。

「おはよう」

「あら、もうちょっと寝てれば良かったのに。一也くんが来るの、お昼でしょう」

「なんか緊張して、あんまり眠れなかった」

冷蔵庫からペットボトルの水を取り出し一口飲む。母愛用の木の椅子に腰掛けた。

その間も母は漬け物を刻み、鍋に味噌を溶き入れ、茶碗を食器棚から取り出す。きっちりと身支度して、ひとときも手を休めることなく働く母を見ていると、寝間着姿で髪もとかしていない自分がだらしなく感じられた。

「わたし、お母さんみたいにやれる自信ないわ」

「栄子は栄子のペースで良いのよ」

そう言われても、気持ちは晴れなかった。刻んだ漬け物をつまみ食いして、水を飲む。

「栄子」

「ん」

「嫌だったら、やめていいのよ」

嫌だったらやめていい、の目的語が「結婚」であることに気づくのに、数秒かかった。

「何言ってるの、今日婚姻届を出すことは、一也とも話して決めたの。今更やめられない」

「無理してするもんじゃないから、結婚は」

「そりゃ、そうだけど……」

栄子は自分の部屋へ戻った。

結婚が嫌な訳じゃない。今というタイミングは、早すぎもせず、遅すぎもしない。相手は今のところ一也しかいない。

すべては今にタイミングが合ったのだ。ただ、自分の気持ちが追いついていないだけだった。

「栄子、そろそろいらっしゃい」母の呼ぶ声がした。

一也からラインが入った。

（ごめん、電話も出られなくて）

（どしたの？）

イライラとして、短いメッセージを打ち損じたが、そのまま送った。

（お客が試運転の途中で、めまい起こして、病院まで付き添った。今やっと、奥さんが来てくれたからバトンタッチ）

（一也は何でもないのね）

（おれは元気だよ）

二の腕の筋肉を描いた絵文字が送られてきた。栄子は息を吐いた。

（心配かけてごめん）

（すごく心配した）

（ちょっと電話で話せる？）

栄子は即座に会場の外へ出て、一也に電話をした。数回の呼び出し音の後、一也が出た。

「あれ、披露宴大丈夫なの」

「大丈夫じゃないけど、気になるから。話したいことって」

「そう……」

直接話されるのは怖かった。ここなら人目もあるし、冷静でいられるような気がする。

「あの、子どものことだけど……前に酒飲んで帰った日に言ったこと」

キーンと耳の奥が冷える。一也は酔ってなんかいなかった。

「栄子は子ども、どうしても欲しいのか？」

「ふ、普通に授かると思ってたときはそれほどでもなかったけど、出来ないって知ってからは、やっぱり欲しいなって」

「そっか」

栄子は思い切って、これまでどうしても聞けなかったことをぶつけた。

「一也は、欲しくないの？」

「なんで、おれには『欲しい』じゃなくて『欲しくない』って聞くんだよ」

栄子はハッとする。飛行機の一件以来、一也が子ども嫌いである可能性を考えていたからだ。

「前に、沖縄行った時、機内で赤ちゃんが泣いてさ、一也が不機嫌そうだったから……」

「……そうだっけ」

拍子抜けするほど、キョトンとした声。

「だから欲しくないのかなって、ちょっと思った」

「栄子との子どもなら欲しいよ……でもそのせいで栄子が痛い思いをしているのはわかっているから、そんな思いまでして子ども作らないといけないのかって、考えちゃって」

張り詰めていた心から不安がゆっくりと抜けていく。

「わたし、もう少し頑張りたいの」

「……わかった。おれが言いたいのは、栄子がいないと意味がないってこと」

「……ありがとう」

「今日は早く帰るよ」

切れたスマートフォンを抱きしめながら、栄子はたたずんでいた。

騒がしい廊下にいたが、栄子の心は静かだった。一也がいるから頑張れる、一也がいなければ意味がない、と思った。

「高野様！　こちらでしたか」

さっきの女性スタッフが慌てた様子でやってきた。

「今司会がつないでいますので、会場に入られたら、そのまま前の方へお進みください」

突然席から消えた栄子を探していたのだろう。有無を言わさぬ口調で迫られて、栄子は言われるまま移動した。

女性スタッフはヘッドフォンから伸びるマイクに「高野様、見つかりましたので、このままご案内します」と言う。

ドアの前でスタンバイしたとき、栄子は手元にスマホしかないことに気づいた。

「ではどうぞ」

従業員の言葉を合図に扉が開いて、拍手が起こる。おまけにスポットライトまで当てられた。なんだか自分の結婚式みたいで恥ずかしい。

会場に入ってから、スタッフに促されて、いくつものテーブルの脇を抜け、メインテーブル脇へたどり着いた。

「新婦の長年のご友人、高野様からのご祝辞です」

栄子はスマホを持った右手に左手を重ねて、スタンドマイクの前に立った。

この雰囲気で祝辞の原稿がテーブルに置いてあるとは言いづらいし、頼めるような人も周囲にいない。栄子はすがるような思いで、新婦席の早紀を見た。

早紀もまた栄子をじっと見ていた。一言も話したことがない「長年の友人」は、自分と同じくすがるような目をしている。じっと見つめながら、早紀は小さく頷いた。

「お願いします」

司会者の言葉が早紀の言葉のように感じられた。

彼女の人柄は知らない。だけど結婚式の間、彼女を見てきた。相手を気づかい、押しよせる不安をこらえている。この人は多分、私に似ている。

マイクに一歩近づくと、栄子は恐る恐る口を開く。

「伊勢田さん、早紀さん、ご結婚おめでとうございます。

……ここからはいつも通り、早紀と呼ばせてください。

早紀、今日のあなたはとてもきれいで、まぶしいです。わたしはあなたのことをよく知っているつもりだったけど、こんなにきれいな人だと知りませんでした」

栄子は会場を見回した。皆手を止めて、こっちを見ている。祝辞の原稿の内容は思い出せなかった。仕方がない。栄子はあきらめて息を大きく吸うと、ふたたび口を開いた。

「あなたとは小中学校、ずっと一緒でしたね。学校から帰っても、一緒に遊んでいました。時には夫婦は一緒にいると似るといいますが、わたしもあなたと似ているように思います。時にはわたしたちを『二卵性の双子みたいね』という人もいました。

わたしはあなたが考えていることがなぜかわかったし、きっとあなたにもわたしの気持ちが伝わっていたのではないのでしょうか。不思議ですね。久しく会えなかったけど、今もあなたの気持ちが胸に伝わってくるようです。

あなたが結婚すると聞いたとき、わたしは喜ぶのと同時に、少しばかり心配になりました。

あなたは、いつも自分よりも相手のことばかり心配するから。それはあなたの優しさかもしれませんが、あなたは自分に対してちっとも優しくない。あなたの優しさは、あなた自身を追い詰めてしまうことにもなります。

あなたは相手の幸せを思うあまりに、自分を犠牲にしてしまう。わたしはあなたの幸せを願っているから、おせっかいとわかっていても、つい言ってしまいます。ごめんなさい……」

栄子は少し頭を下げた。会場にはオルゴールのBGMが流れている。次に何を話そうか……と思ったら自然と言葉が出てきた。

「少しだけ、私自身の話をします。私は二年前に結婚して、現在妊活中です。自然に出来ると思っていたのに上手(うま)くいかないものですね。このことは私達夫婦にとっては試練でもあり、トラブルでもあるけど、夫は私の味方なんだって、そう感じさせてくれる出来事になりました。

結婚は、最愛の人が最強の味方になってくれることなんだと知りました。

そして結婚するのは、もちろん幸せになるためです。そのことは忘れないでね。結婚したからと言って、幸せばかりではないとも思います。だけど目的は変わりません。あなたの隣にいる方は、あなたを誰よりも幸せにしたい、と思っておられる方です。あなたがもし、これまでと変わらず自分より相手を心配するとしても、きっと大丈夫です。どうぞ安心して、その方の願いを叶えてください。

伊勢田さん、早紀の最強の味方になって守ってあげて下さい。宜(よろ)しくお願いします。

高野栄子」

ひとつ、ふたつと拍手が増え、さざ波のように広がった。栄子は自分の頰を濡らすものを感じ、手の甲でぬぐった。

彼女の不安を取り除きたい、そんな一心で祝辞を述べるうちに、なぜか泣けてきた。多分、こんな風に誰かに言って貰いたかったのだ。

栄子は席に戻る前に、新婦の方を見た。

白い妖精は、ハンカチを目元に当てながら、栄子に頭を下げた。

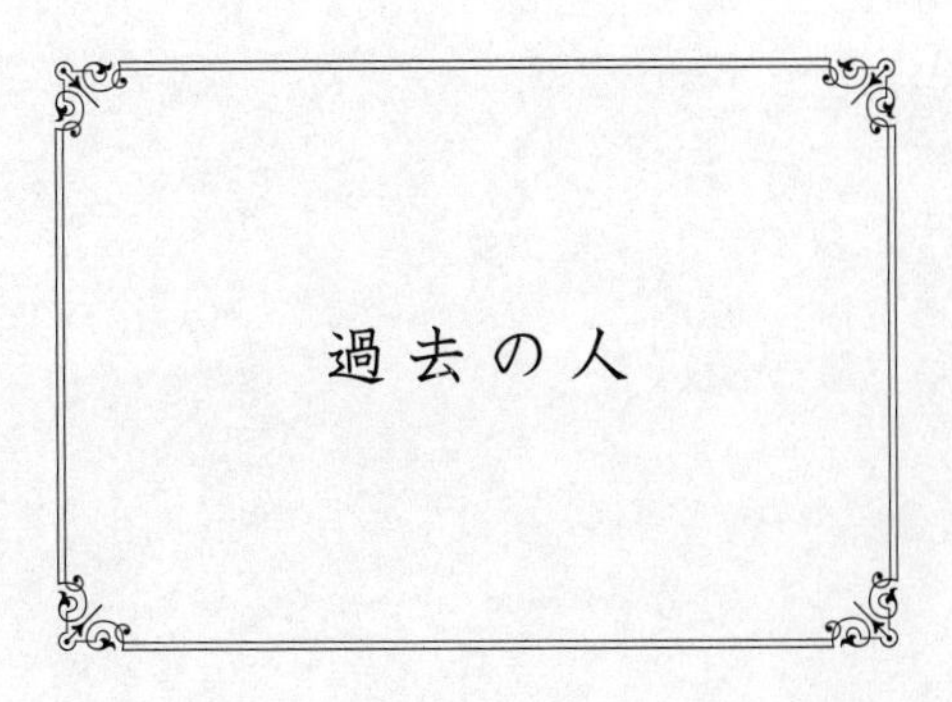

過去の人

「洋介兄ちゃんっ」

「兄ちゃん」と池田を呼ぶのは、この世でたった二人。その一人が甥の京平だ。京平は優
昨春に京平がこのホテルに就職して以来、度々訪れては様子を見ていた。京平は優しい性格が仇になっているのか、どこか頼りなさがにじみ出ていた。客にクレームをつけられているところを目撃したときは池田もハラハラしたが、ようやくホテルの制服が板に付いてきた感じがする。

「京平。急にホテルマンっぽくなったな」

「有り難うございます……兄ちゃんもいいスーツ着てるね」

京平は微笑みながら声を潜めた。無邪気な笑顔は子どものころから変わらない。

自分の体型を知り抜いている池田は、奮発してスーツを仕立てていた。着る機会は少ないが、どうしても今日着たかった。

「これくらいのスーツは常識だよ。なんなら京平の結婚式にも着ていこうか」

胸を張って答えると、急に京平が押し黙った。

「……もう母さんに聞いたの?」

「何も聞いていないけど」

京平は下を向いて人差し指で鼻をかいている。昔から照れたときの癖だ。

「……洋介兄ちゃんには、折を見て話すつもりだったんだけど、結婚を考えている相手がいるんだ……」

京平の視線が、フロント辺りに向くと、表情が甥っ子からホテルマンのものに変わった。

「本当か」

「披露宴終わったら、また声をかけてよ」

そう言うと京平は足早に去って行った。

突然の甥っ子の告白に、池田は呆然(ぼうぜん)としていた。

おしめを替えてやった京平、自転車の乗り方を教えてやった京平、中学受験に失敗して泣いていた京平の姿が頭をよぎる。あの小さかった京平が結婚……ふと自分の年齢を顧みる。

まだ四十七歳。五月にまた一つ年をとる。つい自分の年齢を忘れてしまう。京平が大きくなれば、その分年齢を重ねているのは当たり前だ。

池田に子どもはいなかった。四十二歳の時に別れた五歳年下の妻は専業主婦だったが、結婚当初から頑なに「子どもはいらない」と言っていたので、その意思を尊重した。そのうち彼女は友人に誘われて小さなデザイン事務所で働き始めた。平日、家で顔を合わせる時間が激減したが、段々と妻の洋服やヘアスタイルが垢抜けていく様子を感心して見ていた。

池田はわりと子どもが好きだった。だから甥の京平を溺愛した。京平と遊園地や動物園に出掛けるとき妻を誘ったが「友だちと会う」とか「美容院に行く」といつも断られたので、そのうち誘わなくなった。自分と血の繋がった小さな生き物を愛することで、自分の中の欠落した部分が埋められる気がした。

「別れたい」と先に言ったのは妻の方だった。池田は再び彼女の意思を尊重した。婚姻中、妻以外の女との付き合いが何度もあったし、形骸化した夫婦なんて格好悪いとも思っていた。妻は池田と離婚した半年後には職場の男と再婚し、その一年後に出産した。

「あなたは誰も好きじゃない。自分が一番好きなのよ」

離婚の話し合いの最中、元妻が淡々とした口調で言い放ったこの言葉が今も忘れられない。あれはどういう意味なんだろう。妻である自分を一番好きでいてほしかった、ということだろうか。それとも子どもがいたとしても、自分ファーストだということだったのか。

「子どもいると、養育費半端ないぞ。再婚なんかとても出来ないし、相手だって嫌がる」

池田が新人時代、会社の先輩は酒の席でそう愚痴った。数年前に離婚した彼は親権を元妻に渡し、慰謝料、養育費を払っている。慰謝料は一括だが、養育費は月々、子どもが大学を卒業するまで払う約束になっていると言う。

「まだ子どもが七歳だから、母親が面会の時に付き添ってくるんだ。あいつの服やアクセサリーはおれの養育費で買ったんじゃ……ってついそういう目で見ちゃうんだよ」

男の勝手な言い分だと思いつつも、池田は大きく頷いて「それってひどいですよねー今夜は飲みましょうよ！」と先輩を慰めた。

京平の母である、池田の妹の聖子は、京平が五歳の時に夫と死別している。具合が悪い、と病院に行った時に肝臓がんであることが判明したが、すでに手遅れだった。生命保険のおかげで生活には困らなかった。失意の聖子は両親がケアし、父を失った甥っ子の京平は、池田が勝手に父親代わりを気取ってかわいがった。

そんな京平に結婚を考える相手がいる。まだ若すぎる気もするが、あいつは父のいない家で育ったから、早く家庭が欲しいと思うのは当然かもしれない。

ふと、足元をひっぱる力に気がついた。振り返って下を見ると、小さな女の子が池田のズボンの膝（ひざ）あたりを手でつかんでいる。

体ごと向き直り、女の子の目線の高さに合わせるようにかがみ込んだ。

「どうしたの」

女の子は、白い丸襟のブラウスにベロア素材のジャンパースカートを着て、足元はレースの付いた靴下とエナメルのきちんとした靴を履いている。おそらくフランス製の子供服ブランドだ。長いまつげの先から雫（しずく）がこぼれそうになっている。五歳くらいだろうか。

「お母さん、いなくなっちゃったかな」

池田は自分の中の一番優しい声で語りかけた。今にも声をあげて泣き出しそうな女の子は、もじもじと何か言いたそうだけど、まだ声を発しない。池田は辛抱強く慰めながら、ロビーを見回して京平の姿を探した。

「……っこ」

女の子は涙混じりの震える声を絞り出した。

「もう一回、おじさんに言って」

「おしっこ」

今度は聞き取れた。目をあげるとトイレのマークがあった。

「トイレはこっちだよ」

すると女の子は頬に雫をこぼしながら、池田についてきた。まるで自分が泣かしているようで居心地が悪い。迷子の子どもをトイレに連れて行っているだけなのに。トイレまでの十メートルほどの距離を遠く感じた。

もしかしたら子どもなりに、見知らぬ男にトイレまで連れて行って貰うことへの恥ずかしさがあるのだろうか。それは考えすぎか。そんなことを思っていたら、トイレの前にたどり着いた。

「ここだよ。ひとりで大丈夫？」

再び腰をかがめて女の子に優しく言った。すると顔を左右に振った。池田はギョッとしながら、女の子に再び問うた。

「ひとり、じゃ、だめ？」

今度は大きく頷く。

いくらなんでも女子トイレの中までついてはいけない。かといって、男子トイレに連れて行くのも問題がありそうだ。あいにく多目的トイレは使用中だった。空いていたとしても、やっぱり小さな女の子を連れて入るのには躊躇(ちゅうちょ)がある。池田が困っていると、女の子は女の子の父親は、外出するときどうしているんだ。池田が困っていると、女の子はこらえきれなくなって声をあげて泣き出した。

「ちょっ、ちょっと待って。誰か……」

周囲を行き交う客たちは、池田と女の子を親子だと思っているようで、見て見ぬふりだ。従業員の姿は遠くに見えるが、大声で呼ぶのも憚(はばか)られる。何とか気づいてくれないか、と池田は女の子を慰めながら考えた。

「しおちゃん!」

そう叫びながらどこからか女が現れて、女の子の元へ駆け寄った。池田はホッとして立ち上がる。

「あなた、誰ですか?」

女はキッと鋭い視線で池田を見た。

「いや、この子がロビーで足を引っ張ってきて、迷子かと思ったら、トイレっていうもんだから。ここに連れてきたんだけど……」

女は池田の話を最後まで聞かず、女の子を連れてトイレに消えた。

女子トイレの前で取り残されたような池田は、すぐに踵を返し、ホテルの玄関を出ると唯一の喫煙所へ向かった。

「何だっていうんだ。親切を仇で返されて、おまけにロリコン扱いかよ！」

ガラス張りの室内には池田ひとりだった。腹立ちを声に出して、二本続けざまに吸った。ようやく落ち着き、腕時計を確認する。間もなく披露宴の始まる時間だ。あわてて喫煙所を出た。

ポケットに手を突っ込んでロビーを横切り披露宴会場へ向かっていると、しおちゃんと呼ばれたあの女の子とさっきの女がいた。目が合うなり、しおちゃんを引きずるようにしてこっちへ向かってくる。池田の前に来ると、女は眉を八の字にして、頭を下げた。

「先ほどは申し訳ありませんでした！」

女が頭を下げると、しおちゃんも真似て頭を下げる。急に態度を翻した女に、池田の方が戸惑った。

「いや、誤解が解けたならいいんです」

「本当にすみません。わたしがこの子から目を離したばっかりに……なんとお詫びすれば良いのか」

「お詫びなんて、結構ですから」

「それじゃわたしの気が済みません」

「ぼくの気は済んでいますから」

「どうしたらいいでしょうか」

女は申し訳ないと言いつつも、頑固にひかない。池田がどうしようかと思っていると、しおちゃんは飄々（ひょうひょう）とした口調で割って入った。

「のどかわいた」

しおちゃんはオレンジジュースを美味（おい）しそうに飲んだ。

お礼に、と促されてホテルのカフェに入って、池田はビールを、女はコーヒーを頼んでから、互いに自己紹介をした。

「大嶋聡美（おおしまさとみ）と申します。この子は姪（めい）の汐里（しおり）です」

名刺には社名が記され、総務担当とあった。会社は人形町にある。

「池田と申します」

差し出した名刺を聡美が両手で受け取るしぐさを見て、先ほどまでのむしゃくしゃした感情は消えていた。

「素敵な名刺ですね」

「会社から支給されるだけですから」

池田は自分の名刺を見た相手の反応が密かな楽しみだ。名刺を褒める人、会社名に反応する人、いろいろあるが、何か一言言われることが多い。誰もが知る広告代理店のマーケティング部・部長。公立小学校時代、自ら塾通いを熱望し中高一貫の難関進学校に入学、有名私立大を卒業し勝ち取った数少ない新卒枠。池田が人生をかけて手に入れた肩書きだ。

「わたしは親族の経営する商社で働いています」

聡美は自分をひけらかすこともなく、卑下することもなく言う。池田は自分が肩書きを振りかざしたようで恥ずかしくなった。

聡美はシンプルなリトルブラックドレス姿だった。着慣れないフォーマルファッションとなると、妙にファンシーな色や形のドレスを選ぶ女性が多いが、聡美はアクセサリーも真珠のピアスのみ。スタイルに自信があるから、着飾らないでいられるのだろう。一束に結んだ黒髪も潔い。

汐里は聡美に与えられた絵本を黙って眺めている。聡美と汐里の面立ちはよく似ていた。そんな池田の心を察したように聡美が口を開く。

「汐里とはよく親子に間違われるんです。汐里の母はわたしの姉ですが、姉より自分の方が汐里に似ているって感じるくらいです」

聡美は微笑みながら、絵本を読む汐里の頭を軽くなでた。絵本に目を落とす汐里のまつげは随分長い。マスカラを取った聡美のまつげも長いのだろう。

何を話すでもなく、絵本を読む汐里を聡美は眺めている。その様子に妙に落ち着いた気持ちになってくると、ふいに池田は笑いがこみ上げてきた。

「どうかしましたか？」

池田の変化に気づいた聡美がこちらを見た。「すみません、急に笑ったりして……ぼくにも甥っ子がいまして、まだ子どもだった甥っ子を連れていた時、よく父親と間違われました。段々否定するのも面倒になってきて、父親のように振る舞っていたら、本当にその気になったのを思い出しました」

「わかります！　わたしも時々、自分が汐里の母親のように感じます……独身なのに」

少し顔を赤くした聡美が、早口になりながら言った。

独身、という言葉を池田は聞き逃さなかった。

「ぼくもいい年ですが、独身です」

気恥ずかしくなりながらも、ここで伝えておくべきだと勇気を振り絞った。

「失礼ですが、池田さんはおいくつですか？」

再び池田の心を見透かした質問が来た。自分の年齢を言いたくないのは、聡美を女性として意識しているからだと自覚していた。

「四十…七です」

「お若く見えますね。わたしは三十五です」

池田の年齢を聞いて、引いた様子はなさそうだ。おまけに聡美の年齢も知ることが出来た。三十五歳、想定内だった。

今日は聡美の友人の結婚式で、子どもを使った演出をするため、汐里を同伴したという。

「新郎新婦に花を渡す役割なんです。本当は姉も来る予定でしたが、二人目の子がもうすぐ生まれるので、今日は来られなくなってしまって」

汐里は絵本を脇（わき）に置いて、折り紙を折っていた。

「折り紙か、懐（なつ）かしいな」

「しおちゃん、池田さんにどうぞって」

汐里は素直に折り紙の束から、色を選んで一枚差し出した。薄いブルーの折り紙だった。

「くれるの？　ありがとう」

池田は昔京平と折り紙をしたことを思い出して、鶴を折りはじめた。そして手を止めた。

「ちょっと、トイレに」

折り紙を持ったまま、池田は席を離れた。そのままロビーの空いているソファに座ると、スマートフォンで検索する。

【折り紙の折り方　鶴】

池田は鶴の折り方をすっかり忘れてしまった自分に衝撃を受けていた。折り方を忘れたことを笑って話すことも出来ず、隠れて検索結果を見ながら鶴を折っている。なんとも自虐的な気分だった。

今日は色々と年齢を感じる日だ。今日だけじゃない、このところ、ずっとそうだった。

水色の鶴を折ると、何でもない顔で席に戻り、汐里に渡した。

「わあ、鳥だ」

「鶴よ、しおちゃん」

「つるってなあに」

鶴を知らないのか……唐突な質問にたじろぎつつ、気の利いた答えをしようと頭をフル回転していると、先に聡美が説明していた。

「長生きする鳥よ。鶴は千年、亀は万年っていうの」

「つるは、千円。かめは……一万円」

「やだ、しおちゃん。値段と違うわよ」

聡美が声をあげて笑った。池田は聡美の笑い声の大きさに少し驚きながら、汐里に説明する。

「折り鶴は、病気の人にあげたり、頑張ってほしい人にあげたりすると願いが叶うんだ」

「うん」

「しおちゃんも、折り鶴たくさん折って、好きな人にあげると良いよ。しおちゃんから折り鶴を貰った人は幸せになるから」

汐里は、池田の言葉に頷いた。

「恥ずかしいわ。長生きだとか……、池田さんみたいに言えば良かった」

聡美が本気で恥ずかしがっている様子が好ましい。

池田が鶴の折り方を教えると、汐里は熱心に手を動かした。聡美も参加して、一緒に鶴を折った。

「池田さんの甥っ子さんは、今おいくつですか？」

「もうとっくに成人して、このホテルで働いているんです」

「え！　そうなんですか」

再び聡美との年齢差を感じてしまう。

「池田さん、子どもだった甥っ子さんと接するときに、心がけていたことってありました？」

聡美の質問に、真剣に考える。

「そうですねぇ。子どもは意外とよく見ているので、適当にあしらうと見抜かれます」

「わかります。汐里も鋭いところがあります」

「でしょう。子どもだから、理解が及ばないことはありますが、嘘はつかないようにしています」

「嘘かぁ。なるほど。参考にします」

聡美はうんうん、と頷いた。

このままずっとここで過ごしていたい、と池田は思った。ちらりと腕時計を確認する。

「……じゃ、そろそろ行かないと。披露宴始まっちゃうんで」

披露宴はとっくに始まっていた。

「ごめんなさい。お引き留めしちゃって」

「じゃ、また」

「しおちゃん、池田さんにバイバイは」

「いけださん、バイバイ」

汐里は、聡美の言葉を繰り返した。名残惜しく席を離れ、カフェの入り口で聡美たちを振り返ると、二人はこちらを見て、手を振った。池田も手を大きく振って、カフェを出た。

遅れて参加した披露宴で、池田はさらなる衝撃を受けていた。

なんであいつが、あんな若くて美人の女を……席に着いてから同じ疑問が池田の頭の中で繰り返されている。

新郎の伊勢田は中高一貫校の同級で昔から牛のようにのんびりとした奴だった。名字が一文字違いだったので、先生が「イセダ！」と呼んだのに池田が返事したり、その逆もあった。名前は似ているけど、見た目も性格も全く違う。悪友たちは二人をこう呼び分けた。

「池田」と「伊勢ふく」。

三重県の伊勢には名物の和菓子がある。それをもじった、と悪友の一人は言ったが、「伊勢ふく」には他の意味もあった。

伊勢田の家は裕福だった。時折購買部でジュースやパンを奢ってもらったりする程度だが、小遣い不足の学生にとっては、学校にある別の財布のようでありがたい存在だった。その代わり、伊勢田を近くの女子校の女子たちとの会合に呼んでやった。奥手の伊勢田はただそこにいるだけだったが、いつもニコニコとした表情や風貌は女子たちの心を和ませるのにうってつけだった。

去年の十二月、このホテルのバーでひとり飲んでいたら、懐かしい声がした。

「失礼ですが、もしかして池田くん？」

振り返ると、座っている池田が見上げるような大男が立っていた。高校を卒業してから会うことのなかった伊勢田だった。

「伊勢ふ……伊勢田」

「いいよ、伊勢ふくで。おれ、相変わらず太ってるし」

その言葉にはとげがない。口には出さないが、太っているから「伊勢ふく」でもあった。みんなを喜ばせる「裕福」で「ふくよか」な伊勢ふく。池田にとって、それが伊勢田のすべてだった。

「久しぶりだなぁ。こんなところで会うなんて。隣、いい？」

池田が頷くと、伊勢田は嬉しそうに狭いシートに腰を下ろした。バーテンダーが運んできたカンパリソーダをジュースのようにごくごくと飲んでいる。池田はウイスキーの水割りを少し舐めた。

「伊勢ふくは何やってんの？　おやじさんの会社、継いだのか？」

学生時代よりさらにふくよかになった伊勢田だが、ダブルのジャケットの中にぴたりと上半身は収まっていた。体に合わせて仕立てたのだろう。チラリと下を見ると、よく磨かれた革靴を履いている。池田は広告代理店勤めという仕事柄、洋服や足元には敏感だ。

「あ、うん。これ、おれの名刺」

まるまると太った指で渡された名刺には、株式会社イセダ清掃　代表取締役社長伊勢田友之とあった。池田も自分の名刺を手渡す。

「さすが広告代理店。名刺も凝っているな」

伊勢田は池田の名刺をしげしげと見た。表面は会社名や名前、裏面には会社のシンボルが全面に印刷されている。普段は誇らしい名刺だが、代表取締役社長の威光には敵わない。

「会社から支給されるだけだよ」

それからしばらく昔話に興じた。社長になった伊勢田だが、中身は相変わらずのんびりとしている。池田はそんな伊勢田の変わらなさにどこかホッとしていた。伊勢田は店内を見回して、最後に池田を見た。

「ここ、よく来るの？」

「あぁ、この春からここで甥っ子が働いているんだ。妹が『様子を見てきて』ってうるさくて」

「そんな大きい甥っ子がいるんだ」

「そりゃいても可笑しくないだろ。俺たちいくつか知っているかぁ？　四十七だよ」

伊勢田はククと小さく笑った。そして残り少なくなったカンパリソーダを飲み干すと改まった口調になった。

「おれさ、結婚するの」

「……伊勢ふく、独身だったのか？」

「うん。池田くんは？」

「おれは、してたけど、やめた」

「へぇ、いつ、離婚したの」

「四年、いやもう五年前か。え、ていうか、お前は初婚なの？」

「うん。来年の春、このホテルで式を挙げるんだ。よかったら式に出てよ」

男たらし、女たらしという言葉があるが、伊勢田は昔から人たらしだ。人の良さそうな顔、柔らかい口調で言われるとなぜか拒否できない。今更学生時代の友人の結婚式だなんて……結局池田は「もちろん、行くよ」と答えた。

相手の女のことは聞かなかったが、披露宴で一目見て驚いた。想像していたよりも美しく、そして若かった。

金か、やっぱり。池田はそう確信した。

隣の席にいた新婦の友人の高野栄子という女性に、池田は酒に酔った風を装って絡んだ。

「しかし伊勢田は、いい嫁さんゲットしたなぁ。あいつ、同級の中で唯一の独身だったんですよ。残りものには福がある、っていうけど、本当なんですねぇ」

案の定、栄子は嫌な顔を隠さなかった。

（金でなびくお友達に何か言えよ）本当はそう言いたかった。

「あ、残りものなんて、失礼ですね。あんなきれいな嫁さんを」

残っていた伊勢ふくを見事にさらったのは新婦の方だ。金目当ての女に金以上の幸せはいらない。池田はなぜかムシャクシャとした気持ちになり、心の中で毒づいた。

しかし栄子の祝辞を聞いて、池田は少し見方が変わった。

池田の隣に座っていたときは特段目立つわけでもなかったのに、スポットライトを浴びて祝辞を述べている彼女は不思議な迫力に満ちていた。

よくも披露宴で不妊治療の話をするものだ、と池田は変に感心した。決まり切った祝辞より面白かったし、池田だけでなく、会場中が聞きいっていた。新郎の伊勢田は、大きな背中をこちらに向けて、祝辞に涙が止まらない新婦を労（いたわ）っている。子熊（こぐま）を命がけで守ろうとする母熊のようだ。伊勢ふくの顔は見えないのに、その真剣さは背中から伝わった。

お色直しの時間になり、池田は披露宴会場を抜け出した。ポケットに手を入れてロビーをふらふらと歩いていると、京平の姿が目に入った。

「よぉ」

手を挙げてアピールしたが、京平は池田を目の端で捉えたのにもかかわらず、さっさと行ってしまった。

「あいつも、忙しいんだな」

挙げた手をさりげなく下ろして、独り言つ。今日は何かと取り残される。

ざわめくロビーの端にあるソファに腰を下ろした。

ジャケットの内ポケットに仕舞っていた名刺入れから、大嶋聡美の名刺を抜き出した。

何の特徴もない名刺が聡美の飾り気のない風貌と重なった。

池田は離婚して以来、数人の女と付き合ったが、どれも短期間で終わった。最初から「結婚する気はない」と宣言したのに、どの女もその言葉を信じていなかった。勝手に期待して、失望されることを繰り返し、この一年ほど決まったパートナーはいない。

「兄さんには天涯孤独が似合うわ」

この間、一緒に食事をした聖子がそう言ったときは、笑いながら肯定した。

「おれもそう思うよ。おれは誰とも合わない」

「合わせる気もないくせに」

「お前、平気で痛いところ刺してくるな」

「わたしが言わなきゃ誰も言ってくれないでしょう。ところで、京平の様子はどう」

聖子が度々兄を食事やお茶に誘うのは、京平のことが気になるからだ。こんなことでもなければ妹とふたりきりで食事することもないし、話すこともなかった。と言っても、支払いは七対三で池田が持っている。

「随分ホテルマンが板についてきたよ」

「あの子、頼りないところがあるから、接客業なんて無理なんじゃないかと思ったけど」

内向的な京平がホテルマンになったのは、幼いころから池田がよくホテルのカフェやレストランに連れていった影響があるのかもしれない。

「兄さんみたいな人には合いそうよね」

「おれは人に合わせない男だよ」

「それは家庭の話。仕事は別でしょ」

池田は口先だけで笑った。仕事でもワンマンだと自覚していた池田は、会社内での出来事を思い起こした。

「それがな、こないだ部下たちが話してるのを聞いたんだ」

「聞き耳立てるなんて趣味が悪い」

聖子は露骨に顔をしかめる。

「聞こえただけだ……『あの人はもう過去の人だから』って話してて、誰のことかと思ったら、おれのことだった。前後の文脈を辿ってみたが確実だ。おれは『過去の人』だって」

その場にいないのは、池田だけだった。必然的に「あの人」と呼ばれているのは自分だとわかる。

「でも兄さんとは、限らないじゃない……」

兄には毒舌の聖子も少し口元を引きつらせた様子で、すでに池田を慰めに掛かっていた。池田はこんなことを妹に話してしまった自分に自分で驚いた。

「若いつもりだけど、おれも年だってことかな」

誰にも話すつもりはなかったが、つい聖子には気が緩んだ。それ以上話すと、さらに自虐的なことを言ってしまいそうなので、トイレ、と立ち上がった。

「過去」というのは、「終わった」も同然だ。そんな風に部下に思われている自分が不甲斐ない。同世代や五十を超えた同僚だって、もっとバリバリとやっている。自分もまだ現役だという意識だった。どこで自分は部下に嫌われたのか。ワンマンかもしれないが、コミュニケーションは密に取っているつもりだったし、部下にも慕われていると思い込んでいた。

一体いつから自分はこんなに過去にこだわるようになったのだろう。以前はもっと前を向いていたのに、最近は後悔ばかりしている。あのときこうしていれば、やっぱりやめておけば、どこかの時点に戻ってやり直せたら、と何の意味もない考えを巡らせているとわかっているのに、どうしてもやめられない。

「いけださん」

ハッと気づくと、目の前に汐里がいた。焦って目をこする。

「しおちゃん、どうしたの」

「……つる、見て」

袋代わりにした紫の風呂敷を池田の座るソファに広げた。中から大小のカラフルな鶴があらわれた。

「しおちゃんが折ったの？」

「うん！」

頭をなでると、汐里は素直な笑顔を見せた。子犬ならしっぽを振ってくれているだろう。

「聡美お姉さんは？」

「忙しいの。しおちゃんはここで遊んでる」

汐里は案外しっかりとした子だ。でもいくらホテルのロビーだと言っても、変なやつがいないとは限らない。ホテルに託児所があるかはわからないが、そういう場所の方が汐里も安心して遊べるのに。さっきも池田が偶然保護した形になったが、こんな子どもを二度も置き去りにするなんて、聡美の無責任さに不信感を抱いた。

新郎新婦が不在の披露宴会場では、おそらく伊勢ふくたちのなれそめVTRが流れているのだろう。そんなVTRは見たくない。

池田は汐里の折り紙に付き合うことにした。

汐里の手元を時々確かめながら、せっせと折り紙を折る。ふと別れた妻のことを思い出した。生まれた子は女の子だと聞いている。妻と別れなければ、その子はおれの子だったのかもしれない。

汐里の真剣な横顔に聡美のそれを重ね合わせた。彼女と結婚して、そして子どもが出来たとしたら、汐里のような子どもが生まれるのか……そんな妄想をしてしまった。

聡美に惹(ひ)かれていることは確かだが、出会ったばかりで結婚を考えるとは、さすがにちょっと先走りすぎたと、自分をたしなめた。

でもそんなことを考えるのは、ここに汐里がいるからだった。汐里には年齢にそぐわない陰があった。どこかさみしげで、父親を失った頃の京平を思わせる。母親は間もなく出産だと聞いたが、それでさみしい思いをしているのかもしれない。

「しおちゃんは、いくつなの？」

聡美の年は聞いたが、汐里の年齢は聞いていなかった。勝手に五、六歳だと思っていた。

「しおちゃんは……」

汐里は折りかけの折り紙を膝に置くと、両手を見つめた。指を折って数えている。そのしぐさが何とも愛らしく、池田は汐里の手元を見ていたが、汐里は中々答えない。混乱しているようにも見える。

ふと目をあげると、更衣室の方から大きな荷物を抱えた女性が歩いてくる。聡美だ。白いシャツに黒いパンツ姿になっている。

池田は立ち上がると、大きく手を振った。

「聡美さん！」

聡美は池田を認めると、隣に汐里の姿も確認し、小走りにやってきた。

「また汐里がお世話かけてしまって」

「こんなこと言うのは何ですが、二度も小さな子から目を離すなんて、保護者としてどうかと思いますよ」

鬼の心で聡美を戒めた。こう言われて怒る人かどうか確かめたくもあった。

「すみません……友人が……花嫁が緊張で披露宴後に倒れてしまって、そばについていてあげなければならなくなってしまって」

「そうだったんですか」

「でもそんなの言い訳です。汐里を独りにして良い理由になりません。本当に申し訳ありません」

聡美は頭を下げたまま、動かない。

「頭を上げてください。事情はわかりましたから……お友達は大丈夫なんですか?」

「はい。もう大丈夫です」

一束に縛っていた髪を下ろした聡美の印象は先ほどと変わっていた。

「さっきのリトルブラックドレスも良いけど、普段着もいいですね」

「あ、普段はパンツばっかりなので、ああいう恰好(かっこう)は苦手なんです」

口紅も軽く落としたのか、さっぱりとした表情だ。少し汗をかいているのは、走ってきたからだろうか。

「じゃ、しおちゃん帰るわよ」

「やだ」

汐里は折り紙を再開し、座ったまま動かなかった。

「まったく……そんなこと言っていたら、ご飯なしよ」

「いらない」

「……本当にご飯、いらないの」

「……いる」

「じゃあ帰るわよ」

汐里は風呂敷に鶴と折り紙を包むと、四隅を縛って袋状にした。ようやく鶴を仕舞うと、聡美の元へずるずると近寄った。

「池田さん、色々とご迷惑をかけました」

聡美は丁寧に、少し焦った感じで頭を下げた。

「しおちゃん、『ありがとう』は」

「ありがとう」

汐里は聡美の口調を繰り返す。

「失礼します」

「バイバイ」

汐里は手を振った。

もしタイミングが合えば池田は食事に誘おうかと思ったが、中途半端な時間だし、何より相手は子ども連れだ。無理強いはいけない。でも、後悔はしたくない。

「あの、もし、近いうちにお時間があったら」

行きかける背中に、思い切って声をかけた。

振り返った聡美は、驚いた顔を見せた。

「食事、でも、よかったら……」

聡美が真顔でこっちを見ている。見つめ合う妙な間が続き、池田は絶望的な気持ちになった。

（やっぱりおれは過去の人、終わった人か）

汐里が二人を交互に見ながら、聡美のシャツの袖を引っ張る。

ハッと我に返ったように聡美が瞬きをした。

「わたしでよかったら……誘ってください。名刺に連絡先、書いてありますから」

「はい」

　ぺしゃんこになっていた自尊心が、急激に膨らんでいく。まだ過去じゃない。まだ終わっていない！　と心の中で叫んだ。

　いきなり聡美が池田のそばに近づいてきた。キスでもしそうな勢いでやってくると、耳元で声を潜めた。

「池田さん、わたし、追われているんです」

　まったく想像しなかったセリフに、頭がうまく働かない。聡美の言葉は続く。

「事情は改めてお話しします。池田さんのこと信じているから、お願いしたいことがあります」

「なんでしょう。お力になれるなら」

「汐里を少しだけ見ていてください。あとで必ず迎えに来ます」

「わ、わかりました」

　聡美は池田の右手をぎゅっとにぎると、そのまま裏玄関の方へ消えていった。わけもわからないまま、また取り残された。今度は汐里と一緒に。スパイ映画のような展開に興奮し、汐里をつれて池田は披露宴へと戻った。

お色直しを終えた新郎新婦は前方のテーブルでキャンドルサービスをしている最中だった。テーブルにはメインのステーキが池田の席にだけ残っている。席に戻ると、なんとなくテーブルの人々に頭を下げる。

近くにいた従業員に子供用の椅子を用意して貰うと、池田は高野栄子や他の人に頼んで、席を詰めて貰い、汐里の席を空ける。もともと八人掛けのテーブルに七人しか座っていなかったから、すぐにスペースは空いた。

汐里の席には料理はない。従業員にジュースを頼み「お肉食べる?」と聞いてみた。

「うん」

自分の皿を移動する前に、肉を小さく切ってやった。昔京平を連れてファミレスに行くと、必ずこうやってから食べさせたものだ。ナプキンを三角に折って、汐里の胸元を汚さないようエプロン代わりにする。切ったお肉の皿を汐里の前に置くと、汐里はフォークを手にして待っていた。

「いただきます」

言うなり、肉を食べた。汐里の食べ方には、野生動物のような生命力を感じる。運ばれてきたジュースを合間に飲みながら、肉をどんどん平らげ、つけあわせのにんじんやブロッコリーも口に詰め込んでいる。そんな汐里を興味深そうに同じテーブルの人々は見つめている。

「池田さんの娘さんですか」

隣の栄子がぽつりと訊ねた。

「いや、ちょっと知り合いから急遽預かっているだけなんですけど、すみません」

参列予定のない人がいるだけでもおかしいのだが、知り合いから預かった子どもをいきなり披露宴に連れてくるのも妙な話だ。聡美は一体何に追われているのだろう。いくら何でもスパイ映画は現実的じゃない。ストーカー？　まさか何かの犯罪に巻き込まれているのか？　それなら姪っ子を連れている理由がわからない。

汐里に確かめてみたいが、この子が何を知っているとも思えなかった。やはりあとで聡美の説明を聞くしかない。池田を信じて預けてくれたのだから、その思いに応えたい。

同じテーブルの振り袖姿の女は、ワイングラスを手放さないまま、能面のような表情でじっと汐里を見ていたが、やがてぷいと目をそらしてワインを飲み干した。

「みなさま、お待たせしました。ミュージックタイムです。新郎新婦お気に入りの音楽をお楽しみください」

司会が紹介すると、いつ用意されたのか会場前方には楽器が並び、ぞろぞろと入場してきたミュージシャンたちがそれぞれの楽器の前に陣取る。

「さすが伊勢ふく。金かかってるなぁ」

心の声が思わず外に出た。演奏が始まると急にゲストたちが盛り上がった。マナー違反
会場がにわかに暑くなってきて、たまらず池田はジャケットを脱いだ。

だが、今だけならいいだろう。

肉を食べ終えた汐里はいつのまにかテーブルに残っていたフランスパンを囓(かじ)ってい
る。楽しそうにリズムを取っている姿を見て、池田もおどけて体を揺らした。

メインテーブルでは薄いパープルのカクテルドレス姿の新婦がにこやかに演奏を聴
いている。伊勢ふくの姿が見えない、と思ったら、急に後ろから声がした。

「池田くん、来てくれてありがとう」

大きな体をかがめて、伊勢田が礼を言う。

「わざわざいいのに」

「キャンドルサービスの時、いなかったから」

「悪いな、ちょっと用があって席を外していたんだ」

「いいんだ、来てくれただけで。高野さん、さっきは祝辞をありがとうございました。

妻も感動していました」

隣の栄子にも頭を下げている。栄子は戸惑った様子で「そんな、こちらこそお世話になっております。ありがとうございます」と頭を下げる。なんだか仕事相手に対応しているようだった。

「池田くん、また、落ちついたら飲もう」

「あぁ。今度嫁さんをちゃんと紹介してくれよ」

伊勢田は頷くと、軽く礼をして自分の席へと戻っていった。

テーブルに座り直すと、隣にいるはずの汐里の姿がなかった。辺りを見回すが、それらしい姿はない。

目を離すな、と言った自分が目を離してしまった。しかも預かっている子どもなのに。池田は慌てて立ち上がり、探し始めた。

「すみません、このくらいの女の子、見かけませんでしたか？」と話して、各テーブルのテーブルクロスに囲われた下部分も確認する。どこにもいない。会場内を知らない子どもが歩いていれば誰かが気づくはず――。

池田は賑わう会場を抜け出し、ロビーを小走りに汐里の姿を探した。すると同じように走ってくる京平に出くわした。

「京平！」

「兄ちゃん！」

これ以上近づくと、ぶつかるというところで互いに声が出た。

「この辺で小さい女の子見なかったか？」

「黒い服の女、見なかった？」

同時に質問したため、互いによく聞き取れず、もう一度お互いに質問を繰り返す。

先に答えたのは京平だ。

「……今日は結婚式が何件も入っているし、子どもも多いから」

次は池田の出番だ。

「黒い服って、そんなの山ほどいるだろ。もっと特徴を話せよ」

「黒のミニドレスで、髪を一つに結んでいる人だって聞いた」

池田の頭に浮かんだのはただひとり。だけどここでその存在を明かしてはいけない、と池田の中で警報が鳴っている。

「その女が……どうしたんだ」

「とにかく探して、確かめなきゃいけないんだ」

「何を」

京平は口をつぐんで下を向き、話して良いものかと悩んでいる。そして目をあげた。

「洋介兄ちゃんだから言うけど、その女、祝儀泥棒かもしれない」

「え……」

「他のホテルでも最近あって、各ホテルで情報を共有して警戒していたんだけど、今日一件やられたんだ」

京平の声がグワンと揺れて聞こえた。

「……その女が犯人なのか？」

「わからない。現行犯じゃないと捕まえられないし、取ったお金を隠されたら証拠もない」

池田は再び頭が真っ白になった。正直に京平に言うべきだろうか。だけど聡美が件の女とは限らない。

「わたし、追われているんです」

聡美の真剣なまなざし。あれはそういう意味だったのか。池田を頼ったのは、盗んだ祝儀を隠すつもりだからか。汐里は何のために連れてきているのか。

「その女、独りの犯行なのか」

「単独犯だって……カムフラージュするために、子どもを連れていることもあるらしいけど」

ますます聡美への疑いが濃くなる。消えた汐里はどこへ行ったのだろう。ひとりで遠くへ行けるとは思えない。あの子を見つければ、必ず聡美が迎えに来るはず。

「それらしい女を見つけたら、知らせる」

「ごめんね、兄ちゃん」

去って行く京平の後ろ姿を見ながら、胸が痛んだ。謝るのはおれの方だ、その女を知っているのかもしれないというのに。京平に初めて嘘をついてしまった。

ふと池田はトイレへ向かった。

数時間前、汐里を連れて行ったトイレの前に来ると、出てくるはずもない汐里を待つ。

まさか、ここにいるわけない、そう思いながら踵を返そうとしたとき、当の汐里が現れた。

「しおちゃん！」

ナプキンを胸につけたままの汐里は、濡れた手をスカートの裾で無造作に拭いていた。

「いけださん」

「探したよ。トイレに行くなら、そう言って」

「ごめんなさい」

ホッとしつつ、聡美の居場所が気になった。その前にトイレにはひとりで行けないはずの汐里が、どうして……。

「汐里」

トイレから聡美が出てきた。大きな鞄は相変わらずだが、ブルーのカーディガンに白いスカート姿。聡美は柔らかく笑って言う。

「すみません、池田さんを探していたら、汐里がロビーを歩いているのが見えて、トイレに連れていきました」

「聡美さん、着替えたんですか」

「ちょっと、汚してしまって」

「たくさん、衣装をお持ちなんですね……ウィッグまで用意しているなんて」

聡美が頭に手をやった。ボブのウィッグはよく似合っていた。

「汐里がお世話になりました」

聡美は一刻も早くその場を離れたそうに、汐里の手を引いた。池田はどうするべきか自問した。京平はこのロビーのどこかにいる。今聡美を足止めしたら、いずれ京平が見つけるだろう。

「痛い！」

聡美が無理に手を引っ張ったせいで、汐里が声をあげた。その音量は思いがけず大きく、こちらを向く客もいた。

「汐里！　行くわよ」

かまわず聡美が手を引く。

「ちょっと強引ですよ」

池田は厳しく言った。聡美は我を忘れたように、汐里の手を引いたが、汐里は抵抗する。

「もう知らない！」

聡美は声を低くして言うと、汐里の手を離して裏玄関の方へ向かった。京平がこちらに気づいて、歩を速めて近づいてくる。

汐里を巻き込んでほしくない。だから早くこの場を去ってくれ。聡美に置いて行かれた汐里が不憫(ふびん)だった。

そのとき、汐里が叫んだ。

「ママ、おいていかないで！」

そのまま全速力で聡美のあとを駆けていった。

二人の消えたあとには、撃ち落とされた白い鳥のようにナプキンが横たわっていた。

京平に色々と問われたが「頭を整理してから答えるよ」と言って、披露宴会場へと戻った。

賑わっていた音楽は一転おとなしいバラードになって、ほどよく落とされた照明が雰囲気を盛り上げている。

池田はヨロヨロとテーブルへと戻る。隣の子供用の椅子を持ち上げると力任せに壁の方へ移動させて、ようやく席に着いた。

今日一日で、いや数時間で何年分も年をとった気がする。

勝手に期待し、去って行った女たちの顔が頭をよぎる。ついでに元妻の顔と言葉も。

「あなたは誰も好きじゃない。自分が一番好きなのよ」

今日の出来事は、これまでの自分への罰なのかもしれない。

テーブルには切り分けられたケーキがあった。みな食べ終えて、それぞれ飲み物を楽しんでいる。

汐里にデザートを食べさせてやりたかったな。

まだそんなことを考える自分はバカみたいだ。あの子は食べ物にも愛にも飢えていた。京平の幼少時代と比べて、汐里には子どもらしい髪や肌のつやが足りなかった。それを認めるのが何となく嫌で、見ないふりをしていた。

「鶴は千円、亀は一万円……か」

金の価値を知るには、いくら何でも早すぎる。あの子には鶴の折り方だけじゃなく、もっと教えてあげられることがいっぱいあるのに。

できるなら二人を救いたかった。でも他人には何もできない。どんなにしてあげたくても、あの二人の人生に踏み込む資格はない。

もし聡美が祝儀泥棒だとしたら、それはショックだが、数年後にはおそらく話のネタにするのだろう。

もし聡美が捕まったら、部下に「この犯人、おれ会ったことがあるんだよ」と自慢をするだろう。

そして世間はこう言うだろう。子どもがいるのに、よくやるよなぁ。

無様な道を選んだのは聡美だから仕方がない。だけど汐里は関係ない。巻き込まれ、利用されただけだ。それしか汐里には生きる道がなかったのだから。

やがて演奏が終了した。池田は椅子にかけておいたジャケットを羽織り、なにげなくポケットに手を入れた。

指先に、ちくりと角が当たる。しっかりと奥まで手を突っ込み、角のあるものをつかんで取り出した。

折り鶴だった。

両手をポケットに入れて確かめると、もう片方からも鶴が出てきた。胸元のチーフの中にも一羽、内ポケットも調べると名刺入れとともに、もう一羽出てきた。

「折り鶴は、病気の人にあげたり、頑張ってほしい人にあげたりすると願いが叶うんだ」

自分の言葉が蘇る。

不揃いの色とりどりの折り鶴、あの短時間に随分と折ったものだ。

池田は鶴を一羽一羽テーブルに並べながら、ふいにこみ上げるものをグッと呑み込む。

「しおちゃんも、折り鶴たくさん折って、好きな人にあげると良いよ」

池田は名刺入れから聡美の名刺を取り出して、二つに破り、また半分に破る。限界まで細かくちぎって小さな紙の山を作った。

「しおちゃんから折り鶴を貰った人は幸せになるから」

人に祝福されるって、いいものだ。今度伊勢ふくに会ったら、この折り鶴を一羽わけてやろう。「なんだよこれ？」って言いながらあいつは受け取るだろう。
汐里に嘘をつかないでよかった、と池田は心から思った。

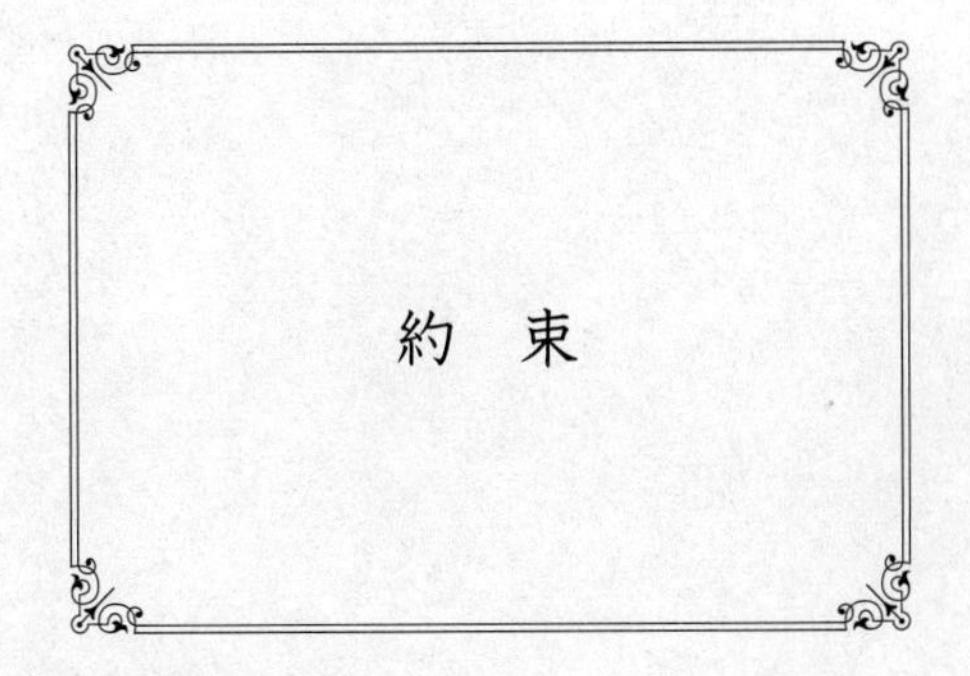

約束

体に食い込んだ鈍い圧に「ウッ」と声がもれた。

「お客様……大丈夫ですか？」

着付係の女性がそっと貴子の顔をのぞき込む。

「これくらいしないと着崩れます」

貴子の代わりに母の加奈子が答えた。

金の刺繡(ししゅう)が施された帯は、容赦なく貴子のウエストを締めあげる。振(ふ)り袖(そで)と帯の重みが体にのしかかり、ただ立っているだけなのにつらい。

着付けは衣装室にお願いしてほしい、と事前に貴子が頼んだのに帯を締める段になって「ここからはわたしがやるわ」と加奈子が言いだした。加奈子は着物好きで、着付けにも自信がある。

「……お嬢様のお着物はもちろんですが、帯も素晴らしいですねぇ」

仕事を奪われた着付係の女性は、その場を離れるわけにもいかない様子で加奈子に話しかけた。

「この子の成人式に特別に用意したものです。皇室に献上される品と変わらないものですから」

わざわざ京都まで行って買ったものよ、と当時はさんざん聞かされた。それなのに貴子は今日まで一度も袖を通さず、成人式は自分で買ってきたフリルのミニワンピースを着て出た。金髪になった貴子を見て、加奈子は「どうしてそんな頭にしちゃったの。不良みたいに」と泣いていた。あの頃は、両親に反抗ばかりしている悪い娘だった。

見るだけで決して書き込まないTwitterで、爪を抜かれてから飼い主に従順になったヒョウの話が流れてきたことがあった。貴子は爪ではなく、反抗心や野心を抜かれた結果、家で飼われる娘になっている。

帯締めと帯留めを施すと、貴子から離れた加奈子は満足げに頷いた。この時を待って貴子は息を吸う。苦しかったのは帯を締めていたせいもあるが、ずっと息を止めていたからだ。

加奈子の体臭がたまらなく嫌だった。

いつからそんな風に思うようになったのかわからない。母に言えるわけもなく、そばに近づいた時だけ息を止めてやり過ごしていた。着付けをホテルに頼んだのもそのせいだ。

息を十分に吸って顔を上げると、鏡の中の振り袖姿の自分と目が合った。貴子は瞼(まぶた)の力を抜き、自分からピントを外した。電信柱に似たシルエットがぼんやりと鏡の向こうに見える。怠惰な毎日は、細身だった貴子の体格を徐々に膨張させていった。

結婚式に出るのは生まれて初めてだ。

白く明るいチャペルは、テレビや映画のセットみたいだった。ドレスアップしたゲストたちの笑い声やささやき声が高い天井に響く。

せっかくの幻想的な空間なのに聞き慣れた争い声が両耳に流れ込んで、貴子を現実へと引き戻す。親たちは長年互いの言動の揚げ足を取り合うことを、どちらかがひるむまで続けてきた。

両親の喧嘩(けんか)の主な原因は貴子だ。三十を過ぎた娘の育て方を今さら責め合ってどうなるのか。だけどそんな両親に挟まれているだけで、どこにも行けない自分がここにいる。

子どもの頃、両親が言い争いを始めると、両手で両耳に蓋(ふた)をするように掌(てのひら)を押しつけた。耳を掌で閉じたり開いたり動かすと、風圧がかかり両親の声が聞こえなくなる。

今は耳に蓋をする代わりに、自分を挟んで言い合う人たちの言葉の意味をとらえず聞き流す。視覚と同じで、ピントをぼかしてさえいれば単なる雑音にしか聞こえない。何を言われても平気でいられる。

身も心も怠惰に徹している貴子だったが、荘厳なパイプオルガンの音とともにあらわれた早紀を見たとき、一気に体中の血液が巡り、急に瞼が熱くなった。

（早紀）

心の中で貴子は呼びかける。お腹の底から黒くて苦い感情が胸元へ上がってきた。白い妖精のように美しい早紀と、着飾った分醜くなるような自分が従姉妹じゃなければ……まぶしすぎる早紀をまともに見ていられず、貴子は手元の式次第に目を落とし、まもなくはじまる賛美歌の演奏を待っていた。

「一かい、二かいだから『三かい』じゃない。『三がい』と濁るんだ」
「伝わっているならいいじゃありませんか」
「よくない。そういうところがいい加減なんだお前は」
「はいはい、一かい、二かい、三がいですね」

階数の呼称で揉める両親の一歩後ろを、毛足の長い絨毯に時折突っかかりながらついて歩く。

披露宴が始まるまでの間、父の先導で母と貴子はホテルの中を巡っていた。父は時間の無駄を嫌う。少し時間が空くと、見学と称してあちこち見て回り、時間を有効に使ったと悦に入る。自己満足する父に母は文句を言いながらも従う。

高台にあるホテルの窓からは近隣の駅舎に立ち並ぶ病院、そのそばを流れる川が見える。この辺りは大学や楽器店、古本屋街があって学生も多いが、貴子にはなじみのない街だ。

かつて貴子がよく足を運んだのは、専門学校の集まる街だ。地方からの上京組が多く、みんな競うように奇抜なファッションやヘアスタイルにしていた。貴子も上京してからすぐに金色に髪を染めたが、仲間内では珍しいものではなかった。

今は黒く長い髪を後ろで一つに束ねている。家を滅多に出ないので、一日中部屋着で過ごすことも多い。邪魔になると自分で適当に髪を切っていたが、今日は「そんな頭じゃダメ」と加奈子が勝手に予約したホテルの美容院へと行った。

「派手にしないでください」という加奈子からのリクエストを伝えて、用意してきたかんざしを手渡し、あとはお任せにした。セットされながら、独特のパーマ液の匂い(にお)が鼻腔(びこう)をくすぐりあの頃へと時間を巻き戻す。かつて貴子はこの匂いに包まれて働く若手ヘアスタイリストのひとりだった。

長い髪の毛先をカーラーで巻いたり、根本を逆立てたり、コテを使って髪の流れを作ったり、手早くまとめていく。セットが終わると美容師が恭しく手鏡を手渡してくれた。

合わせ鏡にしてバックスタイルを見ると、髪は上の方で大きく一つに膨らませてあり、かんざしが膨らんだ髪に半分隠れるようにひっそりと飾られている。ふと自分のうなじが目に入った。

ショートカット時代から、何年ぶりだろう。産毛が案外濃いうなじに対面して、貴子は早紀のうなじを思い出す。

早紀のそれは触れるのがためらわれるような繊細なうなじだった。バージンロードを歩いていく早紀のうなじは見えなかったが、あの日の早紀の、絹みたいに艶めいた肩までの黒髪を片手で軽く束ねて、白いクロスを巻くときに触れたうなじ。早紀はくすぐったそうに笑っていた。

「誰もいないのか」

新郎新婦の親族専用のこぢんまりとした控え室には、壁づたいに椅子が四脚ずつ、向かい合わせで並べられている。そそくさと加奈子は椅子に腰掛けた。壁を隔てた部屋からは賑やかな声が聞こえてきた。

「隣は新郎側の控え室か」

真一郎は薄い壁に近づいて独り言つ。

「誰もいなくて当たり前でしょう」

真一郎の一つ前の言葉に、加奈子が返事をする。どんな時も母に言い返さずにいられない父が急に押し黙った。

早紀には両親がいない。親族はおそらく自分たち芦谷家だけだ。つまりここは芦谷家のために用意された部屋だった。

隣の部屋から大きな笑い声がして、この部屋の沈黙が一層深くなった。真一郎は椅子に腰掛けると、誰にともなく話し出した。

「……さっきバージンロードで早紀と歩いていたのは誰だ？」

「向こうのお父さんじゃありませんか？」

加奈子がめんどうくさそうに言い放った。

「あの……（カバ）のような新郎に全く似ていなかったじゃないか」

真一郎は（カバ）の部分だけ声を潜めた。

早紀をエスコートした父役の男は、貴子の記憶に残る早紀の父に少し似ていた。

「……まあ、似ていない親子もいるな」

「いますよ、世の中は広いのだし。ねぇ」

加奈子がふいに同意を求めてきた。両親はそれぞれに「自分と貴子は似ていない」と言いたいのだ。

「そう……かもね」

貴子はそう答える。

そうかもしれないし、そうでないかもしれない。どっちともとれる答えが、ぎすぎすとした空気を埋める。貴子は両親のクッションになるくらいしかない穀潰しだと自覚していた。

披露宴が始まってから、貴子はひたすら飲んでいた。両親に似ず、酒に強い体質の貴子は滅多に酔わない。

貴子は小さなコップのビールをゆっくりと一気に飲み干す。すかさず従業員が空のコップにビールを注いでいった。再び冷たいビールが口から喉を通って胃に染み渡ると、緊張がほどけていく。今は酒のもたらす浮遊感にひたすら頼りたかった。

「飲み過ぎないでよ」

　母が顔を近づけてきたので、貴子は反射的に反対側に顔を背けた。その拍子に同じテーブルの女性と目が合う。おそらく自分と同い年くらいのその女性は、緊張の面持ちのまま、口元に笑みをうかべた。

　貴子は同じように笑えなかった。顔の筋肉が笑い方を忘れてしまったみたいだ。決まりが悪く女性から目をそらし、三度コップに口をつけた。

　ずっと昔、法事の席でジュースと間違えて父の飲んでいる酎ハイを口にして倒れたことがあった。

「子どものくせに酒を飲むなんて」と真一郎に随分と怒られ、貴子は口に出さず思った。

（間違えて飲んだだけなのに）

　たしか早紀も一緒に口にしたのに、同じように怒られたのか記憶にない。

　物心つく前から、貴子と早紀は一緒に遊んだ。お盆やお正月になると長野市内にある早紀の家で過ごすのが常だった。

　真一郎と早紀の父・伸二郎は二人きりの兄弟だ。元は千葉県市川出身で、地方公務員の兄真一郎は同県内で暮らし、長野の食品メーカーに入社した仲二郎は就職で引っ越し、結婚の際に妻公恵の名字を選び、鈴本仲二郎になった。

鈴本家は早紀と両親の他、真一郎と仲二郎兄弟の母、つまり早紀と貴子の祖母を引き取り一緒に暮らしていた。祖父は体が不自由なため近隣の高齢者施設に入っている。公恵の両親は早くに他界したため、交流のある親族は真一郎の家族だけだった。

子犬がじゃれ合うように遊んでいた貴子と早紀だったが、成長するに従って性格の違いが目立ってきた。貴子は外で遊ぶのが好きだったが、早紀はひとりで本を読むのを好んだ。早紀は貴子に合わせて公園で一緒に遊んだ後、家に戻ると静かに本を開いていた。その姿を見た真一郎は早紀に目を細めた。

「感心だな、長時間読書できるとは」

「貴子もあの半分くらいでいいから、机に向かってほしいわ」

両親が読書好きな早紀を讃える度、貴子の体は硬直する。

貴子が縄跳びを上手に跳んでも、自転車に乗れるようになっても、九九を覚えても親から褒められた記憶がない。できて当たり前。できないことは貶されるだけだった。

雪の降るある年始、大人たちのいる和室と繋がるリビングの板の間で貴子と早紀はカルタをやっていた。おせちをつまみに酒を飲む真一郎の声が段々と大きくなっていく。すると突然貴子の名前が話に上った。

「貴子は素直じゃない。叱(しか)るとにらみ返してくるんだ。親に向かって」

自分のことを言っているとわかっていたが、頭がぼぉっとしてうまく感情が出てこない。

「早紀ちゃんみたいに、おしとやかで根気があると良いのだけどねぇ」

酒で気が緩んだ加奈子が続いた。

「あの、子どもたちに聞こえますから」

取り皿を運んできた公恵が、真一郎たちに小声で言う。すると真一郎はさらに音量を上げた。

「子どもに遠慮する大人でどうする？　聞こえたなら、それで態度をあらためる。貴子は小学二年だ。直接言わなくてもわからないと」

真一郎の言葉の槍(やり)が貴子を襲う。思わず両手を両耳に押し当てて、両手の蓋を開け閉めした。床に広げたカルタの絵柄に集中していた早紀が顔を上げた。

「たかちゃん、どうしたの。お耳痛いの？」

早紀が貴子の耳に手を伸ばした。貴子が耳を塞(ふさ)いだまま勢いよく立ち上がると、早紀の手をはねのけてしまった。バランスを崩した早紀が床をころがり、ゴツンと大きく音を立てた。

「早紀!」

公恵が飛んできて、早紀の様子を確かめる。

早紀は公恵の胸に頭を押し当てて泣き声をあげた。加奈子と伸二郎もやってきた。

「貴子!」

母の手が容赦なく貴子の背中をピシリと打つ。貴子は前に倒れ込み、四つん這いの姿勢になった。

「早紀ちゃんに謝りなさい!」

「……」

貴子は四つん這いのまま謝らなかった。隣の部屋の父がついに立ち上がり、こちらへやってきた。

「……お前という子は、いつからそんな風になった」

大きく上げた真一郎の手が貴子を捉えようとしたとき、伸二郎がその手首をつかんだ。

「早紀は勝手に転んだんだと言っている……貴子ちゃんは悪くないよ」

「……」

真一郎はゆっくりと拳(こぶし)を下ろした。

父が元いた場所へと戻ると、伸二郎は貴子の両脇(りょうわき)に両手を差し入れ、そっと床に立たせた。

「大丈夫か？」

貴子が小さく頷くと、伸二郎はにこりと笑って、真一郎の元へ戻った。

加奈子は決まり悪そうに、

「貴子はお姉ちゃんなんだから、しっかりしなさい」

貴子の乱れたジャンパースカートを下にひっぱるようにして、雑な手つきで髪をなでつけると、台所へ踵(きびす)を返した。公恵は早紀の涙をエプロンでぬぐって、貴子の前に立たせた。

「早紀、たかちゃんと仲直りは」

公恵は貴子と早紀の手をとって、くっつけようとする。

喧嘩したわけでもないのに、勝手に早紀が転んだだけなのに。貴子の心の中で納得できない感情が渦巻いて、必死に指を離そうとした。

「さきちゃんは、けんかしてない」

「さきちゃん」と自称する幼い早紀だが、自分の意志ははっきりとしている。

公恵は、早紀と貴子を交互に見た。

「じゃあ、仲良しでいる約束したら？」と提案した。

「そうする！」

早紀の小指が貴子の小指に強引にからんできて、「指切りげんまん」を歌い出した。抵抗すると、早紀の華奢（きゃしゃ）な小指が折れてしまいそうで、力を抜く。早紀が楽しそうにしているのを見ていたら、なんだかどうでもよくなっていった。

公恵は「早紀は、約束が好きなのよ」といたずらっぽく言った。指切りのリズムが小指をつたって貴子の体をゆらす。

指切りげんまん、嘘（うそ）ついたら針千本のーます、指切った
指が離れた頃には、早紀の涙はもう引っ込んでいた。

貴子たちに用意されたテーブル席には芦谷家と早紀の学校時代の友人が三人、遅れてやってきた新郎の友人の池田という男の七人が座っていた。

貴子は早紀から長野時代の友人の話は聞いたことがなかった。小中学校が一緒だったという高野栄子は、何となく早紀と合いそうだ。

長野に住む早紀と千葉にいる貴子が会うのは年に数えるほどだったが、早紀は時折

貴子に手紙をよこした。最初は学校の授業の一環で始めたのだが、「書くのが好きだから」と早紀が高校を卒業するまで不定期に続いた。

結婚式に呼ぶような友人なら、一度くらい手紙に名前が出てきてもいいのに、と貴子は思った。それとも手紙に書けない理由でもあったのだろうか。後の友人二人もどこかよそよそしくて、早紀と共通するところが見えなかった。

子どもの頃から内向的な早紀だったが、手紙では思うままを書いていた。学校で嫌いな先生のこと、憧れている先輩のこと、読んでいる本のこと、少女漫画のようなイラストを添えるときもあった。早紀の手紙を読むのは楽しみだったが、返信は滅多に書かなかった。

貴子は羨ましかった。日々書きたいことがあって、それを堂々と書ける早紀を疎ましく思うほどだった。

小学校六年の夏、長野市から足を伸ばして軽井沢を訪れた。貴子と早紀は滞在先のリゾート型ホテルの庭で外遊びに興じたあと、貴子たちの部屋に戻り、早紀は鈴本家の部屋の扉に手をかけた。二つの部屋はコネクティングルームで、室内の扉で繋がっていた。

「パズルしないの？」

パズル雑誌をかざしながら貴子が誘うと、早紀はすまなそうに言った。

「あと少しで、今読んでいる本が終わるから」

隣の部屋へと消えていく早紀を見送ると、真一郎は読んでいた本を伏せて言った。

「感心だな。早紀は何も言わなくても自主的に机に向かう」

（感心ばっかりして。早紀ちゃんは、読書好きをアピールしてるだけだし）

貴子は心で反発する。声に出せば、またお説教を食らうからだ。真一郎は床で寝転んでクロスワードパズルを解く貴子を見下ろして、大げさにため息をついた。

「それに比べて、なんでお前はそんなに真っ黒なんだ」

外で遊ぶのが好きな貴子は、日焼けが褪めず浅黒かった。色白な早紀と並ぶとその黒さがさらに目立った。

「外で遊んでいるから、そんな風になるんだ」

「やめてくださいよ。貴子が悪いわけじゃないんだから」

加奈子が珍しく援護射撃する。貴子の日焼けしやすい肌質は加奈子ゆずりだった。

「おれが言いたいのは、そういうことじゃない。あれが外で遊んでばっかりなのは、お前の教育がダメだからだ」

「わたしはちゃんと言ってますよ！」

「来年中学生だぞ。いつまでも子どもだと言って甘やかしたら、本人のためにならないんだ」

文句を言ううちに、自らの怒りの火に燃料がくべられて止まらなくなっていく。そういう父だった。たまらず貴子が退散しようとすると、その娘の動きを父は目の端で捉えた。

「どこへいく」

「……」

「ちょっとこっちに来なさい」

有無を言わせない口調に従い、貴子は父の前で正座をした。カーペットの上だからそれほど辛(つら)くない。千葉の家では、いつも板張りの床だった。

「父さんは子どものとき学校の先生になろうと決めて、一所懸命に勉強したんだ。結果、今の仕事に就いたが、目的を持つことは重要だ。それなのにお前ときたら、脳天気に遊んでばかりで、将来のことをまるで考えていない。パズルやら漫画やら雑誌ばかり読んで……怠け癖は誰に似たんだか」

真一郎の説教は自分の子ども時代の話から始まり、むやみに母を貶し、貴子を傷つける。

また始まった、と加奈子はさっさと部屋を出て行った。伸二郎と公恵はアウトレットへ買い物に出ていてまだ戻らない。真一郎と二人取り残され、長い説教が続いた。

「たかちゃん」

扉の向こうから、早紀の声がする。

「たかちゃん、一緒に本読もうよ」

「うん、ちょっと待って……」

父は無表情で扉に目をやると、顎を二度動かした。

(行って良し)の意味だ。

助かった、と貴子は立ち上がり、扉を開いて隣の部屋へ行くと、早紀が本を持って待っていた。

「これ、一緒に読もうよ」

早紀が手にしていたのは、小学生向けのファッション雑誌だった。

「……わたし、モデルになりたいなぁ」

小学四年になり「わたし」と自称するようになった早紀は、スラリと背が伸びて、近所のファストファッション店でそろえたという洋服でも上手に着こなした。

「早紀ちゃんならなれるよ。その時はわたしがヘアメイクしてあげる」

「ほんと？」

早紀は本気で嬉しそうだった。

「結婚式もわたしがしてあげるからね」

貴子が小指を出すと、早紀が小指を絡め、指切りげんまんをした。

当時テレビドラマの影響でヘアメイクアーティストを夢見ていた貴子だったが、その後軌道修正して美容師を目指した。

貴子は反対する両親を説き伏せて、高校卒業後、東京の美容専門学校へ入学した。


メインテーブルにいる新婦には、白く柔らかな照明があてられている。ドレスの白がより輝き、オーラが出ているようだ。ゲストがメインテーブルに近寄って新郎新婦の写真撮影に勤しむ間も、貴子はビールからワインに切り替えて飲み続けていた。真一郎と加奈子は小さな衝突を繰り返しながら、互いに似たようなペースで皿の料理を胃に収めていく。

同じテーブルの早紀の友人たちは、メインテーブルの撮影からあっという間に戻ってきて、ゆったり食事を楽しんでいる。新郎の友人という男は、早紀に見入っていたかと思えば、次の瞬間には新婦の友人たちに話しかけている。席次表を確認する。新郎の会社関係と親族が圧倒的に多い中、このテーブルだけ異質な気がした。

(残りものが集められたみたい)

貴子はそう思い、残りものの自分を鼻で笑った。

早紀の夫になる伊勢田については、加奈子から聞いていた。

「早紀ちゃん、勤め先の社長に見初められたんですって。よかったわよねぇ。いい人が見つかって」

早紀から結婚式の招待状が届いた日の夕飯の席で、加奈子は興奮したように話し続けた。

「お前がはしゃいでどうする。だいたいそんなことをなんで知っているんだ?」

真一郎がたしなめたが、加奈子は動じない。

「新郎の名前でネット検索したのよ。そうしたらイセダ清掃の社長だって。早紀ちゃんがお勤めしている会社で、企業の清掃だけじゃなくって、一般の家の掃除も請け負っているの。これ見て」

加奈子はチラシを差し出した。カラフルな「イセダ清掃」の文字が躍っている。

「ポストに入っていたの。値段も手頃だし、トイレとお風呂(ふろ)を一度頼もうかと思って取っておいたのよね」

「お前はそうやって楽することばかり考えて。食事時(どき)に掃除の話を出すバカがいるか」

気まずそうにチラシを膝(ひざ)に仕舞いながらも、口は止まらない。

「……あの子は幸せにならなきゃダメなのよ。辛いことが多すぎたから。伸二郎さんや公恵さんも天国で喜んでいるわよ」

「……ごちそうさま」

貴子は食器を重ねてシンクへと運ぶ間、二人の視線が自分を追っているのがわかった。自室の扉を開いたとき、真一郎の太い声が飛んできた。

「式には三人で出るからな」

貴子は背中で聞きながら扉を閉め、逃げられないことを悟った。

念願だった東京の美容専門学校へ進学した貴子は、地元とは違う個性的な学生の面々に刺激を受けた。周囲に比べて没個性な自分を変えたくて、原宿の古着屋で洋服を買い、練習と称して友だちに髪をボブに切ってもらい、金色に染めた。そのヘアスタイルで家に帰った日、加奈子は目を剝いた。

「貴子、その頭……」

それ以上言葉が出ない母の様子を、貴子は密かに楽しんだ。帰宅した父も絶句している。

中学時代から一向に上がらない娘の成績に鑑みて、両親は大学進学を強く望まなくなっていた。それよりも本人が希望する美容師の方が「手に職がつく」と考えたのだろう。両親が求めた大学進学ではなく、美容師の道を選択して本当に良かった、と貴子は思う。

実家暮らしだったが、東京へ通学するようになって、貴子はこれまでにないような自由を得た。二年の学生生活はあっという間に終わり、学校の推薦もあって表参道の有名美容室に就職することが出来た。

その頃、早紀から久しぶりの手紙が届いた。貴子は、早紀が東京の大学へ入ったことを手紙で知った。

貴子が手紙に記してあるメールアドレスに連絡を入れると、すぐに早紀から返信があった。

（たかちゃん、お久しぶりです。もしよかったら会いたいです）

貴子は店の定休日に合わせて、早紀と表参道で会うことにした。

待ち合わせ場所に約束より少し前についた貴子は空席を探した。すると奥まった二人席から立ち上がって、こちらに手を振る人がいる。

「早紀……？」

白いシャツにイエローのプリーツスカート姿で長い髪を揺らしている女の子。記憶にある子どもの早紀が蘇ってきた。

「たかちゃん！　久しぶり」

「元気そうだね。大人っぽくなって、わかんなかった」

「そう？　たかちゃん美容師っぽい」

この頃貴子は髪をダークブラウンにして襟足を刈り上げたスタイルにしていた。

早紀と話す機会が減ったのは、祖父母の体調が悪くなったせいだった。貴子が中三の時に施設にいた祖父が亡くなり、高校二年の時に早紀と同居していた祖母が老衰でこの世を去った。

葬式や法事で両親とともに長野へ行く機会は増えたが、早紀と話すような雰囲気ではなかった。離れて暮らす貴子より、幼い頃から祖父母の側にいた早紀の落ち込みは激しかった。

月に一度届いていた手紙が二、三ヶ月に一度になったが、早紀はしっかりとした文字で祖父母の死について、こんな風に書いていた。

（昨日まで一緒にいた人がいなくなって、見えないけど自分の心に穴が空いているのを感じます）

貴子には早紀の喪失感がわからなかった。祖父母を亡くしても、感覚は共有出来ない。その事実が妙にさみしくて、早紀を遠い人のように感じた。

早紀が受験勉強に没頭し始めると、手紙の間隔はさらに空いた。そのうち貴子は専門学校に入り、早紀は東京の私立大へ入学した。

大学生になった早紀は、明るさを取り戻していた。貴子は少し圧倒された。想像以上に美しく成長していたからだ。

「たかちゃんが東京で美容師の学校に行ったたって聞いて、わたしも絶対東京の大学入ろうと思ったんだ。今働いている美容室、この近くなんだよね」

「そう、この辺りは激戦地。わたしいつか表参道でお店出すのが夢なんだ。うちのオーナーも三十歳の時に店持ったんだって」

「すごいねぇ」

「美容師とかシェフは、腕があれば独立が早いからね」

貴子が美容師を目指したのは、学歴と関係ない仕事というのもあったが、腕一本で働けるのと、早いうちに独り立ちできる職業だからだった。貴子は自宅通勤だったが、近いうちにシェアハウスに引っ越す予定だと話した。真一郎の厳しさを知る早紀は目を丸くした。

「おじさんたち、よく許してくれたね」

「まだ言ってない。絶対反対されるし。でも自分で稼いで自分で払うから文句言わせないよ。もう大人なんだから」

「格好いい、たかちゃん。自立してて、ちゃんと将来の夢があって、尊敬する」

屈託なく早紀は言った。

年下の早紀に劣等感を抱いたこともあったが、今は早紀から尊敬されている。長年自分を押さえつけてきたものが、吹き飛んだ気がした。

それから時間があると早紀と会うようになった。東京に慣れていない早紀は、何かと貴子を頼った。定休日にたまたま二人で歩いているときに店の同僚に会った際「いとこの子」と紹介すると、次の日店で早紀の美しさが話題に上った。彼女募集中という同僚の食いつきはすごかった。

「芦谷ちゃんのいとこ、めっちゃきれいだった。今度紹介してくれよ！」

「全然似てないって言いたいんでしょ？」

「そんなこと言ってないじゃん」

貴子は美しい早紀が従妹であることを自慢に思っていた。有名私立大学に通うお嬢さんが自分の親戚だというだけで、同僚にも一目置かれる。そんな早紀に自分は憧れられている、それだけで不思議な高揚感に包まれ、自信が湧いてきた。

そんな自信は、蠟燭の火のように一瞬で吹き消された。

貴子の美容室では、一年目はシャンプーなど雑用係、二年目はカラーやパーマのアシスタント。三年目になるとカットを始められるが、その前に店内の昇進試験を受けなければならない。その際のモデル探しも試験のうちだった。

貴子は早紀にモデルになってくれるよう電話で頼んだ。

「たかちゃんの頼みだから受けたいんだけど、先約があって……」

父伸二郎の定年に合わせて家族で九州を巡る旅行の出発日と試験日がバッティングしたのだ。

「車で神戸まで行って、そこからフェリーで大分に入る予定なの。フェリーの日程は変えられないし、父さんが三人で行くのを楽しみにしていたから」

大学生にもなって子どもみたい、と貴子は鼻白む。家族旅行など貴子は楽しみにしたことはない。昇進試験はオーナーが気まぐれに決めるから、次いつやるかはわからなかった。

「たかちゃん、怒ってるよね」

口を開かない貴子に、早紀は心底すまなそうに言う。大人げないとわかっているが、不機嫌を隠せないまま答えた。

「仕方ない。家族旅行だったら」

貴子が電話を切ろうとすると「待って！」と早紀が引き留めた。

「わたし、試験のモデルになるよ」

「……いいの？」

「たかちゃんのためだから」

早紀の言葉は涙が出るほど嬉しかった。モデルが早紀なら合格する自信がある。どんなヘアスタイルも似合うはずだ。

「ありがとう。わたし、絶対合格するからね」

そして試験当日を迎えた。早紀は車で出発した両親とは神戸で合流する約束をしたという。

「最初からこの方法を思いつけばよかった」

そうつぶやく早紀にクロスをかけながら、貴子は言った。

「早紀は優しいからね」

早紀の髪はさらさらとして細い。どんな風に仕上げようかと髪をあげてみた。ほっそりとしたうなじがのぞく。早紀はくすぐったそうに笑った。

早紀がモデルを務めてくれたおかげか、貴子はさほど緊張せずに試験に臨めた。合格を確信し、試験を終えたあと、深夜営業のカフェに立ち寄り、二人で乾杯をした。

「結果はいつ出るの?」

「店内ミーティングのあとだから、一週間後かな」

ほとんど合格したつもりで貴子はジントニックを飲んだ。飲み慣れない早紀はシャンパンで顔を赤くしている。

「早紀は大学出たら、どうするの?」

ふと質問すると、早紀は天井に目をやり、答えを探しているようだった。

「無理して答える必要はないけどさ……早紀なら絶対どこでも通用する」

「そうだといいんだけど」

その時、早紀の携帯電話が鳴った。

「父さんから。心配性なんだから」と照れ笑いしながら、通話ボタンを押した。

「もしもし、いまどこ……あの……どなたですか?」

暗いカフェの灯の下なのに、早紀の血の気がひいていくのが貴子にはわかった。

早紀の両親は神戸に向かう途中の高速道路で玉突き事故にあい、病院に運ばれた。延命治療の後、先に公恵、次に伸二郎が亡くなった。

貴子がその死を知らされたのは、店内昇進試験合格の報のすぐあとだった。

チャペルでも、披露宴でもなるべく離れた場所で早紀を見ていた。でもキャンドルサービスは逃げられない。貴子は新郎新婦がすぐそばにいるのを感じながら、キャンドルを凝視し、早紀と目を合わせることができなかった。早紀がどんな表情をしているのか、確かめるのが怖かった。

「わたしが一緒だったら……父さんたちは死ななかった」

貴子が参列しなかった葬儀の席で、年若い喪主を務めた早紀は、貴子の両親にこう言ったという。

本来なら家族三人で旅行するはずだったのに、早紀は両親と同行できなかった。もし予定通りなら早紀と合流するために、東京を経由しただろう。合流の必要がなくなったから長野から神戸へと直行したのだ。

「お父さんが学費を援助するって言ったんだけど、早紀ちゃん断ったのよ。大学やめて働くつもりだって……早紀ちゃんも成人しているから、本人の意志にまかせるしかないわよね」

葬儀から帰宅した加奈子が重い口調でつぶやいたのを、貴子は部屋のベッドの中で聞いた。叫びだしそうな感情の波が押し寄せる。

早紀の言うとおり、家族三人で旅行していたら玉突き事故は免れたかもしれない。貴子が自分の試験を優先させたから、早紀の両親は命を落としたともいえる。自分が早紀の両親を奪った。幸せな家族を壊してしまった。

早紀の両親の死後、貴子は美容室をやめた。そのまま半年以上経っても、家から出ようとしない貴子に、それまで何も言わなかった父は突然怒鳴った。

「せっかく美容師になって、そのままにするつもりか？　早紀は働いているというのに」

生活費も入れないまま、ただ家で過ごしている後ろめたさは感じていた。何より早紀のことを持ち出されると、何の反論もできない。

母のつてで、知り合いの美容室のアシスタントとして雇って貰ったが、仕事中何かの拍子に涙が止まらなくなることが続いた。その度店のオーナーは貴子に帰宅するように促した。それを何度か繰り返し、美容室へ足が向かなくなった。

引きこもりに戻った貴子に、真一郎は言葉をかけなかった。何か言われる以上に、何も言われないのは辛い。もう救いようがないし救われない、と見放されたも同然だった。

貴子は友人たちとの縁を絶った。早紀は身内を失ったのに、自分だけが今まで通り暮らしていくことはできない。でも死ぬ勇気もない。そんな自分に罰を与えていくことにした。

貴子は穀潰しと自覚し、近所から「引きこもり」と噂され、貶められてこそ生きていられる。父に無視され、母のいいなりになって振り袖を着るのも罰のうちだ。両親の喧嘩に挟まれるのも罰。誰の役にも立たず生きることが罰。早紀に会えないのも罰――。

早紀が結婚式に招待したのは、数少ない身内だったからだろうか、まさかこの自分に会いたいと思うわけがない。

貴子は披露宴という針のむしろで酒を飲み続けた。そうしなければここにはいられなかった。一向に回ってこない酔いを待ちながら、飲み続けた。そのうち一つの考えが頭に浮かんだ。

——結婚式に呼ばれることが罰なのかもしれない——これまでの罰は、貴子が自分に下した罰だった。早紀が貴子に求めたことじゃない。言うなれば勝手に罰を受けている自己満足だ。早紀に何の関係もない。

その時、テーブルの下で何かが動く気配がした。気配を感じた方をのぞき込んだ拍子に、手元が揺れて、振り袖の膝に置いた白いナプキンに赤い色が飛び散った。

「何やってるのよ！」

加奈子はあわてて従業員を呼びつける。テーブルの下から何かが飛び出した。途中から向かいの席に座っていた子だった。一瞬、貴子と目が合った女の子はウサギのごとく素早く会場を飛び出していった。

着物にワインの汚れがないかと加奈子が目を皿にして確認する。被害がないことにホッとすると、子どもの姿を目で探した。

「まったくあの子、何にも言わないで……」

子どもに怒りをむける母を見ながらも、貴子は怒る気になれなかった。一瞬目が合ったあのとき、あの子の目の中に謝りたい思いを貴子は感じた。どう謝ればいいのかを知らないのかを知らなかったのかもしれない。謝り方を知らない、それは貴子自身にも言えることだ。謝っても許されるわけがない、そんな風に考えて早紀から逃げた。一番辛いのは早紀なのに、自分の辛さから逃げようと必死だった。早紀に謝罪できていない。そう気づいた貴子は、いきなり背に冷水を浴びせられたような気がした。

披露宴はお開きに近づいていた。

ゲストを見送るため、新郎新婦は会場外で待ち受ける。ゲストたちが次々に扉をくぐって、金屏風（きんびょうぶ）の前に並ぶ二人と短い会話を交わし、思い思いに写真を撮ったり、握手したりして会場をあとにする。

貴子は両親に挟まれて、扉へと続く長い行列の最後尾のほうに並んでいた。順番が回ってきたら、何を言うべきか、そればかり考えていた。

考えても、ふさわしい言葉が浮かばない。その間にも、行列は少しずつ進んでいく。

パープルのドレスに身を包んだ早紀は、にこやかにゲストと話し、時折新郎に視線を移す。何の事情も知らなければ幸せな新郎新婦にしか見えない。こんな風に笑えるようになるまで、早紀はどれだけ苦しんだだろう。

そう思うと段々と息が苦しくなり、急に酔いが回ってふらつき、目の前が暗くなった。

「あなた、大丈夫？」

倒れかけたのは、貴子ではなく真一郎だった。駆け寄った従業員に両脇を支えられ、真一郎は何とか立たせて貰う。一瞬立ちくらみした貴子だったが、倒れることもなくすぐ意識を戻した。

披露宴の間、真一郎の様子は見ていなかったが、かなり酒を飲んでいたような気がする。

「大丈夫だ……」

消え入りそうな声は普段の真一郎と違った。支えられるまま別室へ運ばれていく父を追い、母は列から外れていった。

行列に残された貴子の番が、いつのまにかやってきていた。怖くて目のピントを外すが、目の前にいる早紀はこちらをじっと見て口を開いた。

「おじちゃん、大丈夫?」

そう、早紀は訊ねた。

「うん……たぶん」

声がかすれてしまう。喉が渇き、瞬きが増えたのを自覚した。

自分の呼吸音が荒々しく聞こえる。浅く息を吸うと、言葉を吐きだした。

「あの……わたし、本当に、」

言葉が続かない。どんな言葉も自分の気持ちにならない。それがもどかしくて情けなくて、貴子の目から涙がこぼれた。どうしても早紀の顔を見られない。謝りたいのに言葉が出ない自分を打ちのめしたくなった。

新郎新婦と向かい合う時間が過ぎていく。貴子の後ろで順番を待つゲストたちを気にした従業員が貴子に(そろそろこちらへ)と前へと促そうとしたとき、新郎の体が大きく前にのめった。頭を下げたのだ。

「貴子さん、今日はありがとうございます」

思いがけない新郎の言葉に、貴子は息が止まりそうだった。

「早紀から貴子さんのことは聞いています。お姉さんのように世話になったと……」

「そんな……」

首を振り続けながらも、涙はとまらず顔を上げることができない。

「たかちゃん、顔を上げて」

早紀が呼ぶ。逡巡（しゅんじゅん）ののち、覚悟して顔をあげた。

晴れやかな笑顔の新郎と、潤（うる）んだ瞳（ひとみ）でじっと見る早紀がいた。

「ごめんね、たかちゃん」

謝るのはわたしなのに、悪いのはわたしなのに、早紀は何にもしてないのにどうして……早紀が謝ったことで、貴子はパニックになっていた。言葉は頭に渦巻くばかりで口から出てこない。

新郎が笑みをたたえたまま、口を開いた。

「早紀は貴子さんのことをとても気にしていたんです。自分のせいで、貴子さんが苦しんでいると……」

「ちがいます、それはわたしが……悪いんです」

新郎は頷いて言葉を続けた。

「早紀は貴子さんが責任を感じて苦しんでいると知って、どうすればいいのかと悩んでいたんです……それで今日ご招待させていただきました」

手の甲で涙をぬぐう貴子は、新郎の言葉の意味をつかみきれずにいた。すると早紀が白いハンカチを手渡し、貴子の手をとる。

「たかちゃん、わたし、生きていてよかった。死にたいくらい辛いときもあったけど、やっぱり生きていてよかった。それを知ってもらえたら、たかちゃんが楽になってくれるかなって思ったの……だから自分を責めないで。たかちゃんは悪くないから。運が悪かっただけだから」

顔を伏せてむせび泣く貴子を、従業員は再度促して前方へと進ませた。

早紀の言葉がありがたかったが、すぐには信じられなかった。今だからああ言えるのであって、きっと言葉にならないほどの苦しさを抱えたはずだ——貴子が感じた以上の苦しみを。

さっき早紀が触れた右手を見る。

生きていてよかった、と言いながら早紀は小指を絡ませてきた。

左の親指と人さし指で右小指をそっと包みこむ。

ずっと仲良しでいる約束。どんな言葉よりも、絡まる小指の力強さとあたたかさが、貴子に早紀の生きる実感を伝えてくれた。

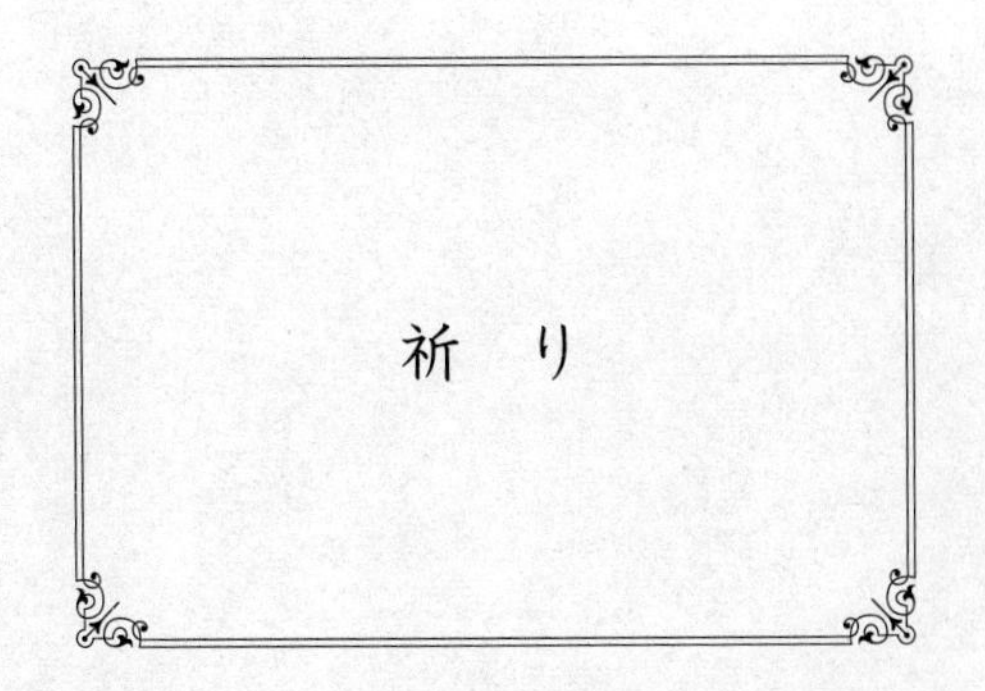

祈り

白い軽自動車は霞がかった空の下を走っていた。季節は寒さの底から脱出し、あと少し経てばこの辺りは一面緑の苗で彩られる。

美月は毎日のようにこの道を通る。まだ人気のないこの時季の道が一番好きだ。

車を走らせていると助手席に置いたスマートフォンが振動した。後方を確認しながらゆっくりと車を停め、スマートフォンを手にする。銀行員時代の同僚で、一歳下の亜希子からだった。

「美月ちゃん、久しぶり！」

画面に写真が滑り込む。水色の訪問着姿でほほえむ亜希子の隣には、後輩の恵利がピンクのカクテルドレスで小さくピースサインをしていた。

「今日は会えなくって残念」

アニメのカバが涙を流しているスタンプが軽快に動く。

「このカバ、伊勢田さんに似てない？」

カリカチュアライズされたピンク色のカバは蝶ネクタイを締めて、丸い目から大粒の涙を流していた。

美月は口を開けて笑うウサギのスタンプを返した。

大きな体にそぐわぬ小さな耳や目、白くて軟らかい手、ベルベットに似たしっとりした肌。いろんな部分ばかりが浮かんで、全体像がしっかりと結ばれない。

急に暑くなってヒーターをオフにする。運転席の窓を開けると、車内に冷たい風が吹き込んだ。ほてった頬を風がなでるのにまかせて目を閉じた。激しく胸がうずくように動悸がする。

最後に会ったのは二十年以上も前の今頃の季節だった。

あの日肩をふるわせて涙を流していた彼と、スタンプのカバは全然似ていない。昔からふくよかな見た目でいじられてきたらしいが、内面は純情でハンサムな人だった。

美月はそのギャップも好ましく思っていた。

彼の結婚を電話で知らせてくれたのは、式に呼ばれた亜希子だった。美月にも招待状が届いていると思っていたのだろう。仕方なく「仕事で、行けない」と言った。招待されていないと知れば色々と勘ぐるかもしれない。

「えー行けないのーせっかく恵利ちゃんと三人で会えると思ったのに」

声から表情がわかるほどがっかりした様子だ。亜希子の口調はあの頃のままだが、既に二児の母親になった事実が時の流れを知らせてくれる。

美月より四歳下の恵利が子どもを産んだのは三年前。四十二歳の高齢出産だった。独身時代はオシャレに手を抜かなかった恵利だが「びっくりするくらい生活感を滲(にじ)ませているよ」と亜希子は話していた。

今日の写真を見る限り、恵利には絶好の息抜きになったみたいだ。

「式の様子を知らせるね」

亜希子のラインに、美月は一筋汗を流しながら苦笑いをうかべている顔のスタンプを送信して、スマホを助手席に戻した。

まだ動悸がおさまらない。車の窓を閉めると静寂が戻り、座り直すとシートの軋(きし)む音が車内に響いた。

「美月さん」

優しく呼びかける声を思い出した。低くかすれた声。

脳内の声に胸の内で応(こた)えると、さらに動悸が高まった。

彼との出会いは、恵利主催の合コンだった。

社員用控え室でお弁当を食べる美月の前に、コンビニの袋を持った恵利が座り「突然なんですけど明日の夜、どうしてますか？」と切り出した。

空いている、と答えると恵利は「よかったー」と独り言つ。もう美月が来る、と確定したかのように。

「人数が決まる前に、とりあえずお店の予約六人で押さえちゃったんですよね。すごく美味しいって評判のお店なんで、すぐに予約も埋まっちゃうんです。何よりまず水にこだわっているので、グルメの美月さんも絶対気に入ると思います」

「聞いたことあるかも、そのお店」

美月は食べることが好きだ。月一くらいの割合で恵利や亜希子を誘い、レストランを開拓する。節約のため、お昼は弁当を持参していた。

「ここは特に野菜がお薦めなんです！　ヘルシーかと思ったけれど、メインのお肉も強烈らしいです」

カツサンドを片手に、恵利は表情豊かにお店の魅力を訴える。

「今回キャンセルしたら、次いつ予約取れるかわかりません。でも向こうは三人で来るって言うし、こっちは亜希子さんとわたしだけで……」

（ようするに、合コンの穴埋めか）

美月は苦笑して、曖昧にうなずく。

入行三年目の恵利は、学生時代からの恋人と別れたばかりだった。ここ数年決まった相手がいない亜希子も「二十代のうちに結婚したい」と言っている。二人が度々合コンをしていることを美月はなんとはなしに知っていた。

「いいわよ。そのお店行ってみたい」

半ば押し切られた形で、美月は承諾した。

「わ、ありがとうございます」

恵利はこれ以上ないくらいの笑顔を見せると、安心したようにサンドイッチに食らいついた。その野性味ある食べ方を見て（恵利の結婚はそれほど遠くないかも）と思った。

翌日、恵利の案内で中目黒駅に降り立った。クーラーで冷えた車内から湿気を帯びたぬるい外気に当たると、不快なのに解放された気分になる。そこから三分ほど歩いた先にある雑居ビルには何の看板もない。アルミ製の扉を開けると、中はウッディな内装のきちんとしたレストランだった。

「隠れ家って感じだね」

亜希子が感心してつぶやいた。

三人は店内奥の薄いカーテンで仕切られた空間に案内された。すでに男性陣は席に着いている。

「お待たせしましたー」

恵利がよそ行きの声で挨拶（あいさつ）すると、入り口を背に、長テーブルに並んで座っていた三人が一斉に立ち上がった。

「僕たちも今来たばかりで、まずはどうぞ」

手前の男が手振りをつけて席を勧めた。

「ありがとうございます」

恵利はそう答えるなり手前の男の前の席に着いた。続いて亜希子も迷いなく真ん中に着く。空いているのは一番奥の席。

「上座になっちゃった」

いきなり出遅れた感じがして、慌（あわ）てて席に着いた。ゆっくり顔を上げると、目の前の男と目が合って思わずギョッとした。

隣の二人と比べると、肩幅が一・五倍はある。厚みもあって、ガッチリしていると言うよりは服の上からでもわかるほど軟らかそうだ。おそらく恵利と亜希子はあえてこの席を避けたのだ。

（大きい人）

それが彼――伊勢田友之の最初の印象だった。

男性陣は外資系銀行に勤めていた。地方銀行勤めの美月たちと同業だが、同僚の男性より着ているものや振る舞いがどことなく余裕を感じさせた。

恵利は、ノースリーブの小花がちりばめられた柄のワンピース。亜希子は半袖(はんそで)の白のカットソー、肩部分がレースになっていて涼しげで女性らしいデザイン。それなりに気合いの入った二人に比べ、美月の薄いブルーの麻の半袖シャツに白スカートは定番の通勤スタイルだった。

「初めまして、里村(さとむら)恵利です」

「庄司明(しょうじあきら)です」

小柄な恵利は、背丈の高い庄司狙(ねら)いだろう。

「内田(うちだ)亜希子です」

「二宮篤人(にのみやあつと)です」

亜希子は、さっぱりとした顔立ちが好みのはず。目元の涼しい二宮はぴったりだ。

勝手に見定めていると隣の亜希子に「次、美月ちゃん」と肩をつつかれる。

「木村(きむら)美月です」

あわてて二人にならって答えた。

目の前の男は、柔和な表情で言う。

「伊勢田友之です。よろしくお願いします」

自己紹介の声は、美月の想像したものより低めだった。初対面のせいでみなテンションが少し高くなり、ちょっとしたことにでも笑い声があがる。

伊勢田友之は最初から亜希子や恵利の眼中に入っていないのを自覚しているのか、人の良さそうな笑顔で、誰の話にも耳を傾けて相づちを打っていた。

「高知産のトマトです」

ツヤツヤとしたフルーツトマトに恵利と亜希子の歓声が上がる。

（トマトで騒げるって合コンならではね）

美月はトマトを箸でつまんで持ち上げた。ちらっと目の前を見ると、伊勢田友之はいかにも美味しそうにトマトを食べていた。

野菜中心の前菜がいくつか続いて、メインのTボーンステーキが届いたときには初対面の緊張も解けて、声のボリュームはさらに大きくなっていた。

美月はワインを飲んでいたが、それほど酔ってはいない。所詮人数あわせで呼ばれた合コンだ。亜希子や恵利と違って食べて飲むために来たのだから、楽しませて貰(もら)おう。間近で合コンを見学するのもなかなか面白い。

あらかじめ切り分けられたステーキを自分の皿に移し、一口サイズにナイフを入れてフォークで口に運んだ。肉汁が口の中いっぱいに広がった。

（おいしい……）

続けてワインを一口飲むと、さらに肉の味が際立(きわだ)った。思わず目を閉じて味に集中する。

口腔(こうこう)が空になる頃に目蓋(まぶた)をそっと開けると、見るともなく伊勢田友之が目に入った。優雅な手つきで肉を切り分け、フォークで口に運ぶと咀嚼(そしゃく)する。

（ガツガツ食べるかと思ったら、そうでもないんだ）

品良く肉を食べる伊勢田にしばし見入っていると、隣の亜希子が突然体をこちらに向けて話しかけてきた。

「ねぇ、美月ちゃん、この間のお客様のこと覚えてる？　急にお金貸してくれって飛び込んできてビックリしたよね」

「ちょっと、それはここで話すことじゃ……」

いくら同業でもまずい。気が緩んで守秘義務を忘れた亜希子を制止しようとした瞬間に、亜希子の手元が狂ってワインがこぼれた。

美月はあわてて立ち上がって避けたが、間に合わず白いスカートの裾が赤く染まった。

亜希子が小さな悲鳴に似た声をあげた。

「ごめんなさい！　どうしよう……あの、すみませーん」

亜希子が椅子から中途半端に腰を浮かせた体勢で店員を呼ぶ間に、すばやく伊勢田が美月の足元にかがんで、スカートの裾を軽く触った。

「これ、コットンですよね」

美月を見上げて聞く。

「え、ええ」

伊勢田はスカートの素材を確認すると、「失礼します」と言ってチェイサーの炭酸水をスカートのワインのシミにかけて、ナプキンで水分を吸い取り始めた。何度も繰り返す間、美月は立ち尽くしたまま伊勢田の丸い背中を見下ろしていた。

店員がやってくる頃には、シミは随分薄くなっていた。

「応急処置ですけど、クリーニングに出せば大丈夫だと思います」

伊勢田はスカートの水分をしっかりと取り除き、そのまま席に戻った。ようやく席に落ち着くと、亜希子が泣きそうな声を出した。

「美月ちゃん、ほんとごめんなさい……」

「いいわよ。クリーニングで落ちそうだし」

亜希子が両手を合わせて謝るのをなだめて、伊勢田の方を見た。伊勢田は何事もなかったように残った肉をゆっくりとかみしめている。

美月の視線を感じたのか、小さい目がさらに細くなった。伊勢田はこう言った。

「綺麗にするのは好きなんです」

この日の合コンで恵利と亜希子は意中の人と意気投合し、一ヶ月後に次の食事会が計画された。美月も伊勢田が来ると聞き、スカートのお礼を言おうと参加することにした。だけど一つだけ気がかりなことがあった。

恵比寿の和食店からカウンターバーに場所を移し、ごく自然に恵利と庄司、亜希子と二宮、そして美月と伊勢田の二人ずつが隣りあった。伊勢田と互いに一杯目を飲んでから、美月は思い切って告げた。

「あの、実はわたし、婚約者がいるんです」

このままだと彼に期待を持たせてしまうかもしれない。人の良さそうな伊勢田に期待を持たせてしまうのは申し訳ない。

「本当にすみません……なんていうか、一応出会いの場なのに、そういう目的じゃなく参加してしまって」

「やっぱり、そうですよね」

伊勢田の声は自己紹介の時と同じく、平静だった。

「木村さんみたいな方なら、決まった方がいて当然です」

伊勢田は笑っているので、美月は少しだけがっかりした。ちょっとは女として意識してくれている、とうぬぼれた自分が恥ずかしい。

「ぼくも、急遽(きゅうきょ)呼ばれて参加したんです。あ、ぼくは婚約者とか決まった人はいませんが」

伊勢田は恥ずかしがる風でもなく普通に話す。恋人がいないのをまったく気にしていない様子が、美月には新鮮だった。

言うべきことを言った途端、気が楽になり立て続けに白ワインを二杯飲んだ。伊勢田もほぼ同じペースで飲む。楽しく酔うタイプで、一緒にいるのが驚くほど楽だった。

「木村さんはどうして婚約されたんですか？」

伊勢田の思いがけない質問に、美月は戸惑った。

(この人、なんでそんなこと聞くんだろう)

そう思いながらも、その問いに答えようとする自分がいた。

「わたしの婚約者は、大学受験の時の家庭教師なんです」

美月の婚約者・小泉慎也(こいずみしんや)は父の会社の部下からの紹介だった。慎也は国立大の三年生で将来は父親が経営する食品卸売業を継ぐため、就職活動の必要がなかった。瘦(や)せ型で繊細そうな見た目だが、高校時代はサッカー部、大学でもフットサルをしていて、動きは機敏だ。

慎也に先に熱を上げたのは美月というよりも母の方だった。美月も憧(あこが)れる思いはあったが、学業という本分で慎也の期待に応えたい一心で励んでいた。そんな緊張状態を壊したのは母だった。

「美月には小泉さんみたいな方と結婚して貰いたいわ」

ある日の勉強が終わってから母と慎也と三人でお茶を飲んでいるときに母は言った。どんな脈絡でそんなことを言い出したのかは思い出せない。美月はパニックになって「ママ何言ってんの!」と思わず大声を上げてしまった。

「何って……ママは思ったことを言っただけじゃない」

平然と答える母の顔は見られても、美月は彼の顔を見られなかった。母に何も言い返せず、慎也の表情を確かめる勇気のない美月は自分の幼さを呪(のろ)った。

　黙ってショートケーキを口に詰めこみ、紅茶で流し込む。これから慎也といったいどんな顔をして話したらいいのか、考えがまとまらずに頭を抱えていた。

「……まずは大学に合格してからでいいんじゃないですか」

　慎也が唐突に言った。

　美月は母と顔を見合わせ、恐る恐る慎也に視線をやった。

「付き合うのは大学に合格してからで。それから先のことは美月ちゃんが卒業してからでいいんじゃないですか」

　慎也は言葉通り、希望の大学に合格した美月と付き合い始めた。すでに社会人になった慎也は、何もかもが大人だった。デートも美術館、映画館など全(すべ)て決めてくれる。レストランも学生の美月には手の届かないような場所を選ぶ。支払いを慎也に任せきりなのを気にしていたら「将来結婚したら財布は一つになるんだから」と微笑(ほほえ)んだ。大学卒業を待って婚約するはずだったが「一度は社会に出てみたら」という慎也のアドバイスに随(したが)って美月は就職活動し、今の銀行に就職した。そして慎也が会社の専務になった一ヶ月後に婚約した。慎也は今は北京(ペキン)の支社の立ち上げに奔走しているため、日本を離れている。

「一途(いちず)なんですね。木村さんが高校生の時からずっと待っているなんて」

美月の話に伊勢田は終始感心した様子だった。

「でもこんなに任せきりでいいのかなって思いますよ」

美月はあまりに出来すぎた婚約者にただ甘えているように見られるのが嫌で、そう言い添えた。

「もう聞いちゃったんですか。美月ちゃんの純愛ストーリー」

お手洗いから戻ってくる途中の亜希子が美月の告白を耳に挟んだのか、美月とは逆の、伊勢田の隣に陣取って話に割り込んできた。

「夢物語みたいだけど、美月ちゃんならありえるなぁって。なんていうか、選ばれた人なのよね」

ニコニコと頷(うなず)く伊勢田の耳元に酔った亜希子は何かささやいた。

「あきさーん、二宮さんが待ってるよ」

庄司の横にぴったりと座る恵利が呼びかけると、亜希子は「またね」と手を振って二宮の隣の席へ戻った。

「……亜希子、なんて言ったんですか？」

伊勢田はカンパリオレンジのグラスの水滴を紙ナプキンで拭(ふ)いて、残りを飲み干すと「こうおっしゃっていました」と言って、一呼吸置いた。

「残りものには福があるっていうけど、できたら残りたくなんかないですよね」

　婚約者とのなれそめまで話したせいか、伊勢田に対して一気に気安くなった。恋愛関係へ発展しないでよい気楽さと、どこか飄々(ひょうひょう)とした様子の伊勢田は初めて接するタイプの男性だ。

　夜は値が張るが昼は手頃に食べられるフレンチ店に誘ってみたら、伊勢田は快諾した。

　料金はきっちり割り勘というのも楽だ。年上に見えたが、実は美月より二つ若いと知り、親しみを込めて「友之くん」と呼びかけ、またランチに行きましょう、と約束した。

　その話をすると亜希子には「伊勢田さんと?」と驚かれた。

「意外──美月ちゃんがね」

「そんなんじゃないよ」

　男女間の友情と言ったところで、亜希子には理解されないだろう。別に構わない。人間の良さは見た目じゃわからない。

合コンがあった夏が終わり秋が深まりそして冬を迎える頃、亜希子と二宮が結婚することになった。

すでに亜希子は妊娠三ヶ月。二人の付き合いが続いていることは薄々知っていたが、いきなりの妊娠、結婚、退職という展開に亜希子自身が戸惑っているようだった。

「美月ちゃんより先に結婚するなんて自分でもビックリしてる……」

亜希子を職場から送り出してまもなく、恵利が「結婚します」と宣言した。相手は庄司だった。二人は亜希子の結婚に刺激を受けたらしい。恵利は宣言から半年後、都内の神社で式を挙げた。子どもを産んだばかりの亜希子は無理だったが、美月と友之、二宮が参列した。

美月は神前で頭(こうべ)を垂れる恵利と庄司から横に並ぶ友之と二宮に視線を移し、初めて六人が集まった時を思い起こした。あの時、誰がこの六人中、二組が結婚するなんて想像しただろう。

「美月さんも早く後に続いてくださいね」

白無垢(しろむく)の恵利は披露宴で美月に耳打ちした。

「そうね」

婚約から一年経ったが、慎也がまだ北京から戻ることができず、結婚は延び延びになっていた。訪中以来、慎也から週に一度届くメールには「君の日常を教えて」とあったので、美月は通勤時に見かけた乗客のことから亜希子、恵利との会話まで長々と綴(つづ)った。合コンのことはさすがに書けなかったから、友之についても触れられない。その内書きたいことは尽き、一度読んだ本や面白かったＴＶの感想を書いたら「ぼくが知らない本やＴＶについて書かれてもわからない」と返信が来た。母は「あなたが北京に行っちゃえば」と美月をけしかけたが、曖昧に笑ってごまかした。

亜希子が職場を去り、恵利も結婚してからは食事に誘いにくくなった。友之にそう愚痴ると「おれならいつでも」と言うので、友之を誘うようになった。

五度目の食事の日、美月お気に入りのイタリア料理店に行くと、友之が言った。

「この店、うちの会社が清掃担当しています。おれ、大学時代に人が足りなくてかり出されたときに、ここ来ました」

「ほんと？」

以前、友之の実家が清掃会社であることは聞いていた。生牡蠣(なまがき)を食べながら、初対面のワイン事件を思い出した。

「あの時、綺麗にするのが好きって言ったのは家業が関係していたのね」

「実家の会社は主に企業の清掃で、こういう小規模なお店も請け負っていますが、将来は一般家庭もやっていかなければ生き残れません」

「友之くんは跡継ぐの？」

「両親にはそう言われています。でも……」

ためらいがちに友之は言葉を続けた。

「本当にそれで良いのか、考えてしまうんです。今の職場では同僚にも恵まれていて、やりがいを感じています。実家は大事ですが、今の仕事も腰掛けのつもりではやっていません」

「真面目なのね」

「あ、おれの問題なので、み、美月さんのことじゃないですから」

慌てた様子に、友之の言葉の意味に気づいた。最近は友之もぎこちなくではあるが「美月さん」と呼ぶ。

「わたし、堂々と腰掛けてるのに」

「今のはおれの話で、美月さんのことじゃないんです」

額に汗をうかべて否定する友之に、奇妙な愛おしさがわいた。ペットを飼ったこともないのに可愛い犬や猫をなで回したくなるような気持ちだ。膝に置いたハンカチを取って「よしよし」と額の汗を押さえてやる。

友之はビクッと反応し、そっと美月の手を払った。

「子どもみたいにしないでください」

「ごめん……つい」

友之を愛玩動物や子どもみたいに思った自分を戒めた。彼はれっきとした成人男性なのに。

「あ、いや、すみません。美月さんが悪いんじゃないんです。おれ、見たとおり体は大きいのに、昔から、そういう扱いされやすいんです……自分のせいなんですけど……」

ポツポツと友之は自分のことを話した。

友之は、両親から会社を担うことを期待されて育てられ、父は友之に将来どういう大人になりたいのかを常に問うたという。

「父が満足するような答えをしないと、ものすごく不機嫌になるんです。パイロットとか医者とかならいいんですが、サッカー選手とかスポーツはダメです。シェフも怒られましたね。でもね、結局父の後を継ぐっていうのが模範解答なんです。それに気づくまで随分理不尽に怒られました」

小柄な母は論破好きの父から友之を守ってくれた。だけど体が成長すると、母は子どもの頃の友之を懐かしみ、体が大きくなりすぎた息子に戸惑っているように見えた。

「なんというか、母はおれを怖がっているように見えたんです」

そんな母のために友之はなるべく威圧感を与えないよう、大人しく接するようにした。段々と母のおびえが薄れた。

「母の前では着ぐるみに入っていようと決めたんです。そうすれば安心するので……おれ、学生時代は『伊勢ふく』って呼ばれてて。『伊勢ふく』ってどこかのキャラクターにいそうでしょう」

誰も傷つけない着ぐるみ。だけど中にいる人はきっと苦しい。

「……父と母には感謝しています。だから恩に報いたいんです」

「ずいぶんと他人行儀なのね」

カウンターの上に置いた友之の手が目に入った。まるまるとした白い手の甲は、ぎゅうっと握られたまま固まっている。

友之の家族の話を聞いて、美月は友之に妙な威圧感がない理由がわかった。両親の思いを汲み、プレッシャーを感じながらも友之はキャラクターの着ぐるみを着て受け流し、何の悩みもないふりをしているのだ。

美月は思わず友之の右手に自分の左手を重ねた。はげましのつもりだった。

「えらいよ、友之くん。すごく、えらい」

また手を振り払われるかも、と思ったが、友之はそのまま手も体も動かさずに、口だけを動かした。

「……えらくないです。おれには自分の意志がないんです。本当は何をしたいのか、よくわからない」

「綺麗にするの、好きだって言ったじゃない」

友之はゆっくりと顔を動かして、こちらを向いた。

「綺麗にするの得意なんだったら、それを生かせば良いんじゃないの。親とか何とか関係なくさ」

小さな目がきらっと光ったように見えた。つぐんだ口を小さく開いたり閉じたりして、何か言おうとしている。美月は左手に力を込めた。

「わたしの前では着ぐるみは脱いでよ。じゃないと友之くん窒息しちゃう」

「……」

友之は一旦（いったん）下を向いてしばらくして、覚悟を決めたように顔を上げた。

「ありがとうございます……ややこしく考えてしまって」

力なく笑う友之が、とても弱々しく思えた。友之は美月の左手をそっと持ち上げて、自分の右手の隣に置いた。空になった美月の掌に柔らかな感触と体温が残っていた。

それから一ヶ月ほど経ったが、友之から音沙汰がない。やはりあの時、手を重ねたのがよくなかったのかと後悔した美月はこちらから連絡するのもやめていた。

友之には年下という遠慮のなさからか、大胆な振る舞いをしてしまう。それは自覚している。慎也の前ではそんなことは絶対ないのに。

少し距離を置いた方がいいのかもしれない、そう思った矢先、友之から食事の誘いの電話があった。美月はさっきまでの思いつきを忘れて「行く」と返事していた。

待ち合わせたのは、友之指定のそば屋だった。古風な門構えの店に入ると、扉横の二人がけの席で友之が迎えてくれた。

「久しぶり。元気？」

少し緊張して声が震えてしまう。

「見たとおり元気です」

天井からの灯に照らされ陰になっているせいか、顔色が優れないようにみえた。

「少し痩せた？」

「しばらく美味しいものを食べてなかったので」

友之は笑っていった。

美月はすぐ瓶ビールを頼んだ。あとは、よくこの店に来る、という友之にオーダーをまかせた。

「乾杯」

ビールに続いて運ばれてきた枝豆、卵焼き、春菊の白和え、たこの酢の物が並ぶ。

どれもシンプルだけど美味しい。友之が卵焼きを取り分けながら言う。

「美月さんって、何でも美味しそうに食べますね」

「やだ、何でもじゃないわよ。美味しいものを美味しく食べているだけ」

「おれは、家族でご飯を食べて、ちゃんと味わったことがほとんどありません」

友之の突然の言葉に、美月の箸が止まった。

「でも美月さんと食べるのは、とても美味しいです。締めのそばまで胃袋を空けておいてくださいね」

「もちろん」

美月は再び箸を動かした。

お造りや天ぷらに続いて十割そばが来た。冷たくてのどごしが良いそばを二人は無言で食べた。そば湯を飲み干すと同時に「ふぅ」と息を吐き、顔を見合わせて笑った。

「……ふたつ、報告があります」

友之は切り出した。美月は背筋が伸びるのを感じる。

「おれ、銀行を辞めて父の会社に入ることになりました」

「うん」

美月は頷いた。友之が連絡してこない間、人生の岐路に立っていたことを今更知った。

「もうひとつは……報告って言うのかわかりません」

急に居心地が悪そうに友之の体が小刻みに揺れた。瞬きを繰り返して、唇をかみしめている。美月はじれったくなった。

「何？　気になるじゃない」

「美月さん、婚約をやめませんか」

「……………」

正面切って友之が言った。よく見るとその目は少し赤い。

「おれは本気です……この一ヶ月会わないでいたら気持ちが変わるかと思いましたが

……むしろ将来どんなことがあっても隣に美月さんがいてくれたら、おれは頑張れるって思ったんです、だから」

「声、大きい」

店内はいつのまにか客が一杯だった。どのテーブルも自分たちの話に夢中で、友之の声を聞いている人がいるかは定かではなかったが、美月は友之をとめるために、そう言うしかなかった。

「すみません、一人で先走って……」

友之は声を潜めた。

「ちょっとお手洗いに」

美月は席を立った。個室で心を静めてから、化粧を直した。

席に戻ると、店員が運んできたばかりの温かいそば茶を一口飲んだ。湯飲みを両手で包み込むと、友之の手の甲の温かさを思い出す。そば茶を飲むだけの時間が過ぎていく。美月が飲み終えるのを待って、友之が立ち上がった。

「行きましょうか」

美月がお手洗いに立った時に友之は会計を済ませていた。店を出ると、足元に冷気が忍び寄る。ストッキングでは防ぐことのできない冬の気配を感じた。美月がどう丈払いを切り出そうかと考えていると、少し前を歩いていた友之が振り返った。

「すみません、美月さんを困らせてしまって。さっきの話は忘れてください」

笑顔で言ったが、美月は笑えなかった。

「……って無理ですよね。おれ、なんてバカなことしたんだろう。せっかく仲良くなれたのに、これで終わりだなんて」

美月もおなじ気持ちだった。前と同じような関係にはもう戻れないだろう。一緒に美味しいものを食べ、飲み、話すことができなくなる……無性にさみしくて悲しくなってきた。

「美月さん、泣かないで」

動揺した様子の友之はポケットからハンカチを取り出しておろおろと美月の手に渡そうとした。美月は思わず友之の手を握った。

「どうして……どうして。言わなきゃ良かったのに」

「すみません」

気づくと美月は友之に抱きすくめられていた。肩から毛布で包み込まれたような温もりに体の芯が痺れる。

「好きよ」

美月はずっと心の底に縛り付けていた言葉を解放した。

体を包み込む力が強くなったのを感じた。

＊＊＊

空港が近いせいか飛行機は驚くほど低い位置を飛んでいく。美月は空の駅と呼ばれる地元の直売所で野菜やフルーツを買い、駐車場に戻った。

助手席に置いたままのスマートフォンに十通以上のラインが届いていた。未読状態にしておくのも不自然だと、仕方なく開いた。

何枚も似たような写真が続いている。チャペルらしき背景にあの頃よりもふくよかになった友之がいた。隣には花嫁が並んでいる。たまたま花嫁がカメラと反対側を向いていたので顔がよく見えない。

次はウエディングケーキに入刀し、目を合わせる二人のショット。見たくないけど、見てみたい。花嫁は細面でどことなく儚（はかな）げな表情をしているが、目鼻立ちが美しい人だった。

亜希子のラインにはこうあった。

（伊勢田さん、最後の最後に福をつかみましたね(^_^)/）

友之は四十七歳。銀行を辞めて父親から継いだ会社も、企業の清掃から一般家庭まで手を広げ、清掃グッズの開発にも力を入れて随分業績をあげているようだ。

　そんな友之はこれまで家庭を持たなかった。

「おれ、美月さんとのこと真剣に考えていますから、そのつもりでいてください」

　行く先を定めた友之には迷いがない。今度は美月が岐路に立っていた。

　婚約を破棄するのは、ここから先の人生を変えるだけじゃない。過去に遡って高校時代からの慎也との時間をなかったことにするも同然だった。美月の両親、慎也の両親、友だち、同僚、みんな婚約のことを知っている。ほぼ決まったことをひっくり返してしまったら、どう思われるだろう。

　慎也からのメールは月に一度程度になっていたが、週一でも月一でも書いて伝えたいことはなかった。「愛していない」とわかっていても、そもそも愛から始まったわけじゃない。友之が好きでも、走り出した電車を飛びおりるような真似はそうそうできない。

　何の結論も出ないまま、友之との関係は重りをつけて水に飛び込んだように急激に深まった。

父親の会社に入った友之は、次期経営者という意識がそうさせるのか、どこか一歩引いたところは消え、仕事にも美月に対しても積極的になった。

慎也以外の男を知らない美月は、何もかも慎也と違う友之に驚いた。慎也とは知識にあったものよりも退屈で半ば儀式のような行為だったが、友之には抱きしめられるだけで勝手に体が喜ぶ。このまま友之なしでは生きていけないと思う程だった。

快楽に身をまかせている間は、先のことを考えなくてすんだ。ずっとこのままでいられないとわかっていても、美月はどうしても答えを出せなかった。

ある夜、別れがたくなった二人は、深夜営業のバーに立ち寄った。美月は一度も外泊したことはない。友之もそれを強制することはなかった。

近いうちに両親に会ってもらえますか、という友之の言葉を美月の携帯の着信音が遮った。

「ごめんなさい。家から電話」

美月は立ち上がって、急いで店の玄関を出た。電話を切って店内に戻ると、友之がバーテンダーと話していた。美月を認めると、小さく手で招いた。

「今はリンゴのカクテルがお薦めらしいですよ。帰る前にもう一杯飲みませんか」

「……うん」

家からの電話と聞いて、美月の帰宅時間を気にしたのだろう。リンゴをすり下ろした瑞々しいカクテルを飲み干すと友之はさっと席を立ち、店を出ると通りかかったタクシーをつかまえた。

「今日は車で帰りましょう。家まで送ります」

そう言って先に乗り込んだので、ゆっくりと隣に座った。

「すみません、北品川へお願いします」

友之が運転手に道を説明するのを聞きながら、美月はさっきの友之の言葉を心の中で反芻した。

（近いうちに両親に会ってもらえますか）

その言葉を喜べたらどんなにいいだろう。自分の意志に形があったなら、この場で殴りつけたいとすら思う。意志は自分の一部なのに、コントロール不能のものになっていた。

「あ、花火だ」

友之が指さした先、遠くに花火が上がった。近所にあるアミューズメントパークが閉園前に打ち上げる恒例の花火だった。

「夏が戻ってきたみたいだ」

友之は車窓の向こうの花火に見入っていた。

空に花を描くように広がった火花が崩れて消えていく。美月には上る花火より、火が消えていく瞬間ばかりが脳裏に残った。


「おはようございます。美月さん、ちょっといいですか」

通勤時、駅で恵利に声をかけられた。

「何？」

「あの、うちの旦那のところに伊勢田さんから連絡があって」

恵利の夫である庄司からの言づてだった。美月と連絡が取りたい、と伊勢田が言っているという。恵利が心配げに声を潜めた。

「なんか、トラブっているんですか？」

「違う違う。伊勢田さんのところにお掃除頼もうかと思って連絡してから、こっちの連絡先が変わったのを伝えてなかったから」

「それならいいんですけど」

言い寄られているのかもって心配しましたよ、と恵利は小声で笑った。

「ないない」美月も笑った。

コンビニに寄る、という恵利と別れて、美月は歩を進めた。そしてずっと先延ばしにしてきた事から逃れられないと悟った。携帯電話の着信履歴を見ると、この二週間ほど「伊勢田友之」の名前が並んでいる。さすがに今日はまだ着信がない。

美月はメールを打ち、今日会う約束を交わした。

いつもは長く感じる勤務時間があっという間に過ぎ、約束の時間になった。待ち合わせ場所に指定した喫茶店に向かった。

駅に直結しているデパート内の喫茶店は全面ガラス張りで、遠くからでもグレーのスーツの大きな背中が目立っていた。呼吸を整えてから店内に入った。一番奥の二人がけの席、小さな椅子に体を縮めて座っていた。友之は弱々しく笑った。

「お待たせ」

「いいえ、良かったです、来てくれて」

美月は友之の目の下のクマに気づいた。あまり寝ていないのかもしれない。首元のマフラーは外したがトレンチコートは着たまま座る。

コーヒーを頼むと、互いに相手の言葉を待った。口火を切ったのは友之だった。

「……あの、おれはダメでしたか？……何がダメだったんでしょうか」

ふっくらとした頬に影がさし、小さな目はすがるようだった。いつも見る柔和な感じはなくなっていた。

運ばれてきたコーヒーを美月はゆっくりと口にした。友之はこの二週間ほどの間に一気に年を取ったようで、肌のハリを失っている。

「飲んで」

そう言うと、友之はゆっくりとカップを手にしたが、両手でカップを包み込むように持ち、じっと黒い液体を見つめている。美月は覚悟を決めて、友之を見上げた。

「……わたし婚約しているって言ったよね」

友之はカップに目を落としたまま頷いた。

「……婚約ってそんな簡単にひっくりかえせない。わたしだけじゃなくって、うちの家族も、向こうの家族も巻き込むの」

「……はい。すみません、美月さんに無理を言ってしまって……」

「わたし、妊娠したの」

「え？」

友之が顔を上げた。美月はお腹(なか)に力を入れて言葉を続けた。

「最近体調がおかしいから、念のため調べたらわかったの。正直困った……この子、誰の子なんだろうなって、あなたか、それとも他の人か」

「……」

言葉を失った友之に、美月は明るく言い放った。

「でもどうしようか悩んでいる間に、解決したから安心して」

「……」

「自然に流れた。病院で処置もしてもらったから。子どももわかってたのかなぁ、生まれたところでトラブルになるってね」

美月は友之に挑むようにじっと見据えた。

「わたしね、結婚する前に思いっきり遊んでみたかったの。だってつまらないじゃない。たいした経験もしないまま結婚するなんて。いろんな店を食べ歩かないと、味がわからないみたいに……あなただって十分楽しんだでしょう」

もう友之はほとんど動かない。何も聞こえていないようだ。

「そういうことだから、ごめんね」

美月は素早く立ち上がると「じゃあ」と伝票をつかんだ。これで終わり、心を無にして出ていこうとした。

そのとき、うぅーっと聞き慣れない息づかいが耳に飛び込んだ。振り返ると友之の両目から涙がこぼれて頬をつたっていた。

「ちょっと……こんなところで」

友之は声を殺しながら、泣いていた。

近くの席の女性客が友之の様子に気づいた。大男が公然と泣いているのにあっけにとられている。

美月は仕方なくもとの席に座り直した。デパート内の喫茶店にしたのは、こんなに明るく人目のあるところならお互い冷静でいられるだろうし、別れたらすぐに電車に乗れると小賢しく考えたからだ。そんな思惑は無駄だった。友之は肩を上下に揺らして泣き続けた。どれくらい時間が経ったかわからない。友之の泣き声がおさまった。

「あの……」

「はい」

どんな恨み言も受け止めるつもりで、身構えた。すると友之は力なく言った。

「体は、大丈夫なんですか」

「……あ、うん。大丈夫」

拍子抜けしていると、友之は立ち上がり、そのままふらふらと店を出て行った。追いかけることもできず、ふとテーブルに目を落とすと、コーヒーカップのそばに五百円硬貨がいつのまにか置いてあった。

それが友之と逢った最後だった。


友之と最後に逢った一週間前、慎也から届いたメールは、自分を戒めるための啓示のように思えた。

「君という人は放っておくと何をするかわからない女だったんだね」

「意外だったよ……あんな男がタイプだなんて」

北京にいるはずの慎也は、友之の存在を知っていた。どうして、という言葉が頭に渦巻く。わたしの行動をひそかに確かめていたのか、それとも誰かが慎也に告げたのかわからない。慎也は婚約を解消した場合は、美月だけでなく友之にも責任を問うことを暗にほのめかしていた。

「でもぼくは、君を失いたくはない。このまますべてをひっくり返すか、元通りにするかを決めてください」

そうメールは締めくくられていた。

自分の中で見知らぬ誰かが悲鳴をあげる。どうしてこんなことになったのか……真っ最中にはわからなくても、離れれば見えてくる。頼りがいがあって何もかもリードしてくれる慎也は、全て自分のコントロール下に置きたい人――そんな慎也といる将来は果たして、幸福なのだろうか。

でも外から見えるのは、婚約者がいるのに、別の男とも付き合っている自分。ただそれだけ。

たとえ亜希子や恵利に話したところでわかってはもらえない。現にこれまでも引き返せたのに、突き進んでしまったのは美月自身だった。

自分の不純さに呆れ、ひとときの欲望に溺れてしまったことをひたすらに悔いた。浅はかだとわかりながら、父親不明の子どもができたという作り話を使って友之に別れを告げた。そうしなければ友之はきっと納得しないし、受け入れてくれないだろうと思った。

美月は普通に、まっとうに生きているつもりだった。現実には平気で嘘をついて、人を傷つけてしまった。友之の優しさを利用して現実逃避しただけだ。

世の中のすべての人に見限って貰いたい、こんな自分を。

その一方で、誰にも捨てられたくない、と怯えている自分がいた。

友之との別れの後、北京から戻って社長に就任した慎也と結婚した。同時に銀行を辞めると、恵利や亜希子とも自然に距離ができ、疎遠になった。

間もなく隣の県にある慎也の実家の敷地内に建てた一軒家に引っ越した。周囲にはファミリーレストランや回転寿司などのチェーン店が多く、食べ歩くこともなくなった。

やがて女の子が生まれると、慎也は「綾乃」と名付けて溺愛した。夫は仕事と綾乃に気持ちを傾けるに従って、妻への関心を失っていった。

美月は窓の向こうを見上げた。

この空をずっとたどった先にある高台のホテルで友之の結婚を祝う披露宴が行われている。

もしあの時、友之についていけば今とは違う人生を過ごしていただろう。だけど美月にはその勇気も覚悟もなかった。それが自分という人間の真実だ。

直売所で綾乃の為に買ったリンゴを袋から一つ取り出すと上着でみがいて一口かじった。甘酸っぱい果汁が記憶を刺激する。結婚して綾乃が生まれて、美月に平和が訪れた。この平和を幸福と呼ぶのかはわからない。ただ失いたくない存在が今はあって、この娘を守る為なら何でもできると確信する。

「体は、大丈夫なんですか」

最後の友之の言葉は、恨み言でもなんでもなく、美月の体を労るものだった。蔑まれ呪われても仕方がないようなことをしたのに、彼はそうしなかった。

友之が大事にしてくれた、その記憶だけがこれまでの美月を支えてくれた。そしてこれからもその記憶と一緒に死ぬまで生きていくのだろう。そんな優しさをくれた友之にひどいことをした自分の罪を背負って。

幸せになってほしい、と美月は祈る。

祈ることしかできないけど、この祈りが届くならずっと祈り続けたい。

友之と見知らぬ花嫁が幸せであるように、空に向かって両手を合わせた。

愛でなくても

子どもの頃、ドレスに憧れた。

薄いピンク、イエロー、白のフリル、空気を含んだようにふんわりとしたスカート、オーガンジーの大きなリボンを腰に飾り、胸元にはキラキラの小さな宝石をちりばめたドレス。

本に出てきたお姫様はみなドレスを着ていた。特に大好きな絵本の「シンデレラ」は普段はみすぼらしい服を着ているけど、魔法をかけられると美しいドレス姿になる。

一瞬でも魔法にかかってみたい。

胸に秘めた願いを決して誰にも言わなかった。どこかでかなわない夢だと自覚していた。

あれから二十年以上の年月が過ぎた今、目の前の姿見には、あの頃思い描いたものとは違っているシンプルなウエディングドレス姿の女がいた。

生白い首元から指を滑らせ、左右横一文字の形で並ぶ鎖骨を人差し指と中指で挟み込むようになでてみた。ひんやりと伝わる指の冷たさで、他人みたいなドレスの女が自分だと実感する。

ゆっくりと二度、扉がノックされた。

「そろそろ、挙式のお時間です」

扉の向こうから声が聞こえる。

「今、行きます」

鎖骨から手を下ろした新婦は、鏡の自分に向かって言った。

衣装係の黒いスーツ姿の女性は、ドレスの長い裾をなるべく引きずらないように両手で持ち上げて新婦の後ろを歩いていた。

裾を踏まないように、新婦は試着の時に教えて貰った通りに左手でシルク素材のスカートを軽くつまむようにして持ち上げる。

「お行儀悪いようですが、足で裾を軽く蹴り上げて歩くといいですよ」

衣装係の言葉に従って歩くと、スカート部分が足に絡まらずに歩きやすい。どんなお姫様も優雅に見えるが、みんな長いドレスを蹴り上げて闊歩しているのだ。

「どうかしましたか」

着物姿の中年女性が新婦の顔をのぞき込む。

「いえ、何でもないです」

こみ上げる口元の笑いを抑えた。

品のいい中年女性は今日一日新婦に付いてくれる係。新婦たちの前では、白髪を綺麗にセットした男性従業員が恭しくチャペルまで先導していた。新婦を中心にした集団に遭遇した客や従業員は、仰々しい一行に目を細めている。

まるで舟に乗っている気分だ。四名の乗務員を乗せて進む小舟は、静々とホテルに隣接するチャペルへと進んでいく。すれ違う見知らぬ人々は、この航海の無事を祈ってくれているのだろうか。

まだ式が始まらない内から新婦は少し疲れていた。ウエディングドレスは着ると意外に重く、フルメイクの顔は見慣れない。でも一旦出発した舟は戻れない。

チャペルにたどり着くと、入り口で待機していた人が一斉に振り返る。その真ん中に新郎の父がいた。

本来は新婦の父が歩くはずのバージンロードだが、それは叶わなかった。当初は結婚に反対していた新郎の父だが、息子の熱意に押されて結婚を承諾し、新婦の事情に鑑みて自ら父役を買って出た。

「よろしくお願いします」

新婦は頭を軽く下げて、義父となる男の腕をとった。新郎と全く似ていない義父は、堂々とした態度で新婦をエスコートする。

パイプオルガンの荘厳な音が高まると、チャペルの扉は開き、バージンロードの向こうに、他の誰とも見間違えようのない新郎の大きなシルエットが目に入った。

バージンロードを歩く間も、二人そろって結婚の誓約をするのも、なんだか夢の中の出来事のように実感がない。

指輪交換のときに、新婦は手の震えが止まらない自分に気づいた。神聖な場で、大勢の人を欺こうとしている……これは罪ではないのか？

新郎は新婦の手を取って指輪をはめようとするがうまくいかなかった。チャペル内に妙な空気が流れた。震えが止まらない新婦の耳元に新郎が顔を近づけた。

「これは芝居なんだから、大丈夫」

ハッと顔を上げる。これは神聖な結婚式じゃない。お芝居だ。二人の不謹慎なたくらみ。

新郎は目の奥に不思議な光を湛えていた。

新婦の体からスッと力が抜けて、震えが止まった。

「……新郎の伊勢田友之さんは、幼い頃は体が弱く、お母様の比奈子さんは息子の体を案じて栄養たっぷりの手料理をこしらえ、水泳教室に通わせました。段々と体力がつき、勉強にも積極的になった友之さん。学校でも人気者で、成績は常にトップ。学習院大に進学し、卒業後は東京スカイ銀行に就職されます。その後、株式会社イセダ清掃に入社。未来の経営者としての修業中、契約社員でいらした新婦の鈴木早紀さんとの出会いがありました。お父様の光男さんが会長に就任されたのと同時に社長に就任し、現在に至ります」

早紀が隣の友之を横目で見ると、額から汗が流れている。テーブルの下からそっとハンカチを手渡す。

こんなに大勢の前で自分の生い立ちを読み上げられるなんて恥ずかしいね。目だけでそう語りかける。伝わるはずのない無言のメッセージを受け止めたように友之は苦笑いを浮かべた。そして白いハンカチを握りしめ、額の汗をぬぐった。

短い言葉ではこれまでを語れない。でも儀式だから。

早紀は自分に言い聞かせる。

「新婦の鈴木早紀さんは、長野県長野市でお生まれになりました。お父様の伸二郎さんは長野の食品メーカーに就職されたのを機に、故郷の千葉県から長野へ移住され、同僚だった公恵さんと知り合って結婚しました……」

鈴本家は平穏な家庭だった。そう感じたのは、父の兄——伯父一家がいたからだ。長野駅から徒歩圏内の浅間山の見渡せるマンションには、毎年夏と冬になると千葉県から伯父一家が車でやってきた。早紀は物心ついたときから従姉の貴子に会えるのを心待ちにしていた。

一つ年上の貴子は引っ込み思案な早紀とは正反対の性格で、活発でおおらかで良く笑う。おとなしい早紀を妹のようにかわいがってくれた。

それなのに貴子の両親は、貴子のちょっとした失敗でもののしるように叱った。叱られても貴子は動じない。早紀はそんな場面に居合わせると泣きたくなった。貴子がいじめられているのに助けられない自分をズルいと思った。

休みが終わって貴子たちが帰るとホッとした。しばらくすると嫌な記憶は忘れてしまい、また貴子と会えるのを待つ日々を過ごした。

「……中学、高校を長野県で過ごされた早紀さんは、念願の日本女子大学への進学を機に上京します。はじめて親元を離れての東京生活。ホームシックにかかり、泣いた夜もあったそうです。しかし徐々に独り暮らしにも慣れ、学業と接客業のアルバイトを両立させ、お友達も増えていきました……」

早紀はそっと目を閉じる。

あの時はあまりに平穏な人生にほんの少し飽きていた。一度受験に失敗して挫折した気でいたけど、そこからは面白いほど順調だった。たかだか二十年くらいしか生きていないのに、人生の行き先を決めなければならないことが不満だった。従姉の貴子に将来の希望を聞かれたとき、もったいぶって答えなかったけど、本当は希望なんてなかった。勝手に道は定まってくれる。どこか運任せだった。

プロフィール原稿を読み上げる司会者の口調に微妙な変化があった。祝いの席で語られることはない不幸。あえて話してほしいと早紀が頼んだ部分を読み上げる。

「……早紀さんの身に思いがけない出来事が降りかかりました」

司会者は慎重に、言葉を選んで話し続ける。

二十一歳のとき、両親が事故で亡くなった。電話で知らされたとき、早紀は生まれて初めて身を裂かれるような衝撃に襲われた。

父の退職祝いに車で九州を巡る旅をすることを、退職の一年前から家族で決めていた。両親が自家用車で長野を出発、東京で早紀を拾い、大分行きのフェリーが出航する神戸へ向かう。しかし早紀が美容師になった貴子のカットモデルを引き受けたため、神戸で合流することになり、両親は長野から東京を経由せず、直接神戸へと向かったのだ。

葬儀は長野で行った。お悔やみに駆けつけてきたのは伯父夫婦と早紀の知らない両親の知り合いばかりで、伯母の助けを得たものの慣れない対応に苦労した。貴子は来なかったが、たとえ来たとしても話すことはなかった。

「よかったら大学卒業まで授業料とか生活費の面倒を見よう」

火葬場の待合室で両親が骨になるのを待つ間、伯父はそう言った。祭壇の両親の写真を見ても、まだ現実の出来事だと思えなかった。父は定年を迎えたら自然にあふれた場所に住みたい、といつも言っていた。もう少しで叶うはずの夢だった。母も部屋に暖炉を設置して、ゆっくり読書をしたいと語っていた。

父も母もいきなり人生を奪われた。早紀は自分の大学の卒業のことを考えられず、先回りしてそんなことを言い出した伯父を冷酷にすら感じた。

たった一人の姪っ子だから、経済的に自立していないから、貴子が引き留めたせいで旅行の予定が狂ったから……伯父たちには早紀を支援する理由がある。だけどそれは親族への愛情ではなく、さまざまな罪悪感を金で埋め合わせるもので、世間一般に対して見せるべき親族の対応――。

　早紀はこみ上げる感情を呑(の)み込んで、言葉少なに伯父の提案を断った。

　一通り葬儀が終わり、伯父夫婦は千葉へと帰った。貴子は両親の事故を自分のせいだと思って自分を責め続けているだろうが、やがて日常は戻ってくる。貴子が両親を亡くしたわけじゃないのだから。

　伯父一家と関われば、貴子とのことがわだかまり続ける。

　早紀は伯父の家族と縁を切ろうと決めた。それは天涯孤独になることに等しい。それでも早紀は独りでいることを選んだ。

　自分以外の気配のない長野の家で、家の整理を続けた。両親はいずれ終(つい)の棲家(すみか)を買うつもりだったので、家はずっと賃貸物件だった。こうして片づけている間も家賃は発生している。

　母名義の口座からは亡くなる一ヶ月ほど前に大金が引き出され、百万ほどしか入っていなかった。これではとても家など買えない。一体何に使ったのだろう……。すると遺品となってしまった家計簿に、引き出された金額とある名前が記してあるのに気づいた。

その人は父の会社の元同僚で、うちにも何度となく来ている。早紀も顔を知っていた。たしか早期退職をして農業を始めたはず……。葬儀に来なかったことを思い出した。

葬儀に来た別の父の同僚に電話をかけ、その人の連絡先を訊ねると、電話の向こうで妙な空気が漂ったのが分かった。

その人は退社後の仕事がうまくいかず、あちこちで借金を繰り返している、と教えてくれた。

「連絡しても多分通じないと思う。借りた金を踏み倒しているらしいから……もし連絡があって、お金を無心されても、きっぱり断ったほうがいい」

そのアドバイスは私にじゃなく、両親にしてほしかった。早紀は心の中でつぶやいた。

残ったお金と香典で葬儀代金や遺品処分の費用を捻出すると、手元にはほとんど残らなかった。

思い出の品だけを残し、あとは業者に頼んで処分し、早紀は東京へ戻った。

「……やむを得ない事情から大学を辞めた早紀さんでしたが、お勤めをしながらも学業への強い思いを持ち続け、やがて放送大学に編入されました。大学では心理学を学ばれて二年後には卒業生総代に選ばれる程の優秀な成績を収められました」

東京で職を探そう、と決めたのは、誰も両親と共通の知り合いがそばにいないからだ。長野にいれば、何を見ても両親の思い出に繋がる。

これ、と思う企業の正社員は大卒が条件になっている。早紀は働きながら学べる通信制の大学に編入し、バイトをしながら勉強を続けた。

仕送りのない生活は想像以上に厳しかった。私鉄沿線の各停駅から徒歩十五分、不動産屋とコンビニの間に挟まれた、古く細長いビルの三階1Kが早紀の家。自分の財布から出す学費の分をすべて吸収しようと、必死に眠い目をこすって授業を受け、レポートを提出した。

バイト先の深夜まで営業しているカフェにやってくる大学生たちが「かったるいよね、あの授業」と愚痴っているのを耳にし、腹が立つのと同時に以前の大学ではそれが日常の光景だったことを思い出す。早紀自身も学費は親が出すのが当然と甘えていた。

両親は学費だけではなく、家賃、水道光熱費、帰郷する際の交通費まで負担してくれた。早紀は小遣いほしさと社会勉強をかねてデパートの店頭販売のバイトをやったが、仕事に対する真剣さに欠けていたと反省する。

実家からは父の会社の試食品のレトルトカレーと一緒に米や野菜などの食材が段ボール一杯に送られてくる。最初は懐かしんだが、次第に慣れてしまい、受け取り確認の電話をした際に思わず言ってしまった。

「こんなの東京でも買えるから送ってこなくていいよ」

田舎くさい漬け物や地元のお菓子、母の心遣いに文句まで言った自分が愚かしい。

あの頃は仕事終わりに、スーパーで買った値段の下がった賞味期限間際のお総菜と、まとめて炊いて小分け冷凍しておいたご飯で遅い夕飯を食べていた。積み上げられた大学のテキストを脇に寄せて、小さなテーブルに食卓スペースを作る。

もう父の会社の食品は送られてこない。母から「ちゃんと食べてる?」と体調を気遣う電話もない。自分には誰も守ってくれる人がいない。誰も慰めてくれない。ひとりで耐えるしかない。

硬くなったご飯を口に運ぶ。しょっぱい味をかみしめた。

目の前には金色に縁が彩られた皿に前菜、もう冷めてしまったスープが並んでいる。

上品で美しい前菜を食べないのはもったいないが、このドレスは食事するのにもっとも似合わない。乾杯のときにシャンパンに口をつけたが、あとは水しか口にしていない。

友之は飲んだ水が全部汗になっているようで、しきりに額やこめかみを先ほど渡したハンカチで拭（ふ）いていた。会場を見渡すとゲストたちは美味（おい）しそうにフォークを口に運んでいる。ホテル界でも評判の料理は事前に試食していたが、ゲストの表情で選択に間違いはなかった、と安心した。

今日のゲストのほとんどは伊勢田家の関係者だ。友之の前の会社の同僚、親族、友人。イセダ清掃関係だけでも半分近くを占めている。

一方早紀の関係者は親族では伯父一家だけ。式への出席の葉書が届いたときは少しホッとした。何より貴子が来てくれるのが嬉（うれ）しい。話したいことが山ほどあった。

長野を離れてから地元の友人との縁は切れた。東京でも式に呼べるほどの知り合いはいない。新婦側があまりに少なくて両家のゲストのバランスが取れない、と早紀が困っていると友之は「レンタル友だち」を使うことを提案した。友人役を三人そろえて、その内の一人には友人代表のスピーチまで担（にな）ってもらう。早紀は躊躇（ちゅうちょ）したが「舞台のセッティングは大事だよ」というので、従うことにした。これで早紀側のテーブル席はほぼ埋まる。あと一人列席予定の友之の高校時代の友人も同じテーブルにセッティングした。

互いに知らないもの同士の方が楽だろう、という友之の考えだった。

「やがて契約社員としてイセダ清掃で勤めることになった早紀さんは、友之さんと出会い、お互いに惹かれていきました」

ふと、会場の人々がざわついた気がして、早紀は斜め下を見ていた目線を会場の人々に向けた。

司会者の言葉に反応したのは、イセダ清掃の社員だ。契約社員の早紀と新社長の友之が結婚するという一報が流れたとき、社内ではまあまあ衝撃があったらしい。友之が四十七、早紀は二十九という年齢も話題となった。

「美女と野獣なら、その通りじゃないか」

事前に友之は何を言われるか予測して笑っていた。

「年の差婚」「玉の輿婚」「格差婚」までは早紀も想像していたが「魔性の女」呼ばわりされていると知ったときは苦笑した。

あれこれと噂され、同僚が興味津々で聞いてくるのに、早紀は話せる範囲で丁寧に答えた。酔っ払った上司から「どうやって社長を落としたんだ、顔か？　それともテクニックか」と言われたときはあまりの下世話さに言葉を失った。

おそらく口に出さないだけで、誰も似たようなことを思っているのだろう。腹は立つけれど、他人の気持ちはどうすることもできない。

たとえ誰かを好きになっても、気持ちを保ち続けることは難しい。そもそも好きという気持ち自体が曖昧だ。衝動的で刹那的で、常識もモラルも見失う、自分をコントロールできなくなるほど強大な感情。そんな自らの感情に振り回されてしまう自分をどう信じればいいのか。


大学を卒業したといっても、新卒でない早紀を採ってくれる企業は限られていた。就職活動もままならないある日、バイト先のカフェで事件が起こった。

早紀が休みの日、いきなりバイト三人が辞めると宣言したのだ。店長の田村が理由を問いただすと「鈴本さんと一緒に働きたくない」と三人は異口同音に言ったという。

田村は辞めると宣言した三人をなだめ、なんとかその日は働いてもらい、翌朝出勤した早紀は田村から昨日の話を聞かされた。

「ぼくとしては鈴本さんに辞めて貰いたくないんだけど、一気に三人も辞められると困るんだ」

　暗に早紀に退職を迫っている、と感じた。思い返すと辞めると言った三人とは最初から馬が合わなかった。早紀よりバイト先での経験がある三人だが、怠けることばかり上手で見習うところを見つけられなかった。だから飲み会に誘われても断り続けた。遊んでいる暇はない。そんな早紀が気にくわないのか、職場ではあからさまに無視されたりもしたが、早紀は仕事に支障がなければ気にしないようにした。自宅と大学の学習センターの間にあったため、試験や面接授業を受けるのにも都合がよく、店長の田村は早紀の事情を理解してシフトを融通してくれた。人間関係に目をつぶって卒業後も「就職が決まるまで」とそのまま働き続けていた。

　悔しい。なぜこんなに理不尽に、他の人に振り回されるのか、そう思うと涙が滲(にじ)んだ。いつの間にか早紀の退職へと話の流れができそうになっているその時、口から自然と言葉が出た。

「店長はどっちですか」

「え……？」

「三人を選びますか？」

　早紀のセリフに田村の眼鏡の向こうで目が泳いでいる。

「わたしですか」

「まいったな」

田村は動揺して頭に手をやって髪をかいた。

「わたしを選んでください。そしてできるだけ早く次の人を探せば良いじゃないですか」

田村は、あっけにとられたように早紀を見た。しばし逡巡する間があって、口を開いた。

「……君が来てからこの店が明るくなった……なんとなく、そう思っていたけど、それは君がきちんとガラスを磨いてくれたから、だよね」

この店で早紀が一番力を入れていたのは、閉店後の掃除だった。ガラスの掃除は念入りに行った、それに気付いてくれたことが嬉しかった。

「君に働いてもらおう」

早紀は自分から出た言葉に驚いていた。でもそれによって仕事を失わずにすんだ。もう何も失いたくない、奪われたくない。そのためには何でもできる気がする。

未知の世界が怖くて自分の殻から出ることをしなかったが、一旦出てしまえばそれほどたいしたことはない、と気づいた。三人が辞めたあと、新しく入ってきたバイト仲間とも気さくに付き合えた。一番の変化は田村との関係性だ。

これまでは単に店長として接していたが、早紀を選んでくれて仕事を続けられたことに感謝した。大学の授業がある時や試験日になるべく早紀が休めるようにしてくれたのも田村だ。以来、就職のことや亡くなった両親のこともポツポツと打ち明けていた。

田村は三十三歳で、カフェの経営母体の商社から来た社員だった。早紀の立場を理解して、経験に基づいたアドバイスをしてくれた。段々と心の距離が縮まっていると感じていたある日の仕事帰り、よく行く小さな居酒屋に一緒に寄り、いつもより会話が弾まないまま店を出た田村は、駅とは別の方向へと歩き出した。

すでに桜は散り、新緑独特の青い香りがどこからか吹き抜ける。早紀は黙って田村についていきながら、これから起こることを覚悟した。

そのときすでに田村に妻があると早紀は知っていた。

田村との甘美なときは早紀の孤独を癒やしてくれた。一見気弱そうな田村だが、実は独占欲が強く、少しでも時間があると早紀と過ごしたがった。そうして執着されることが早紀の喜びでもあった。

でも自分のしていることは誰にも話せない。そもそも話す相手もいない。田村は「妻とは仮面夫婦だから」と言う。早紀は田村との結婚を思い描いたが、想像する結婚の甘美な上澄みを掬うと、その下には不安が渦巻いていた。

関係が始まってから三ヶ月後、早紀は田村に言われるまま引っ越しをした。田村が探していたのは、以前よりも職場に近い、オートロックの付いたマンション。

「君がこんな物騒な家に住んでいると心配だよ。もっとセキュリティのしっかりしたところにした方が良い。家賃の補助ならするから」

田村はそう言って幾ばくかのお金を渡した。

以前の住まいは入り口扉を入るとすぐ階段が続く、細長いビルの三階だった。もちろんオートロックではない。一階の郵便受けには常にチラシがつめこまれ、脇に置かれたゴミ箱に住人が個々に捨てる。でもゴミはなかなか回収されず、そのうちあふれ出てしまい、見かねた早紀が片付けたこともあった。

新居はそういうことがない。飾り窓や観葉植物の置かれたロビーがある。常駐の管理人はいないが、清掃は行き届き、ゴミ箱があふれていることもなかった。部屋のキッチンはそれまでより広く、お風呂とトイレが別なのもありがたかった。

引っ越してから田村は当たり前のように合い鍵を持ち、早紀の家に来るようになった。早紀の作った料理を食べ、風呂に入り、早紀を抱いた。まるで一緒に暮らしているようで楽しかったが、田村は決して早紀の元には泊まらずに自宅へと帰っていった。

田村が帰った後は、以前の独り暮らしよりも余計にさみしくなった。


「来月から本社勤務になったんだ」

この家に引っ越して二度目の秋を迎えたある日、やってきた田村はシャツを脱ぎながらそう告げた。

自然と脱いだシャツを受け取った早紀は呆然（ぼうぜん）とした。それはつまりカフェ勤務から外れるということだろう。

田村は眼鏡を外して、眼鏡拭きで丁寧に拭きながらチラッと早紀の表情を確かめる。

「喜んでくれないの？　やっと本社に戻れるのに。前々からずっと希望出していたんだよ」

「お、おめでとう」

田村は早紀の言葉に満足そうに頷（うなず）いた。

「今度、お祝いに美味しいものを食べに行こう」

その日田村が帰ってから、早紀はいつまでも眠れなかった。

田村と離れたくなくて、カフェ勤務を続けてきたのに、向こうはそんなこと考えていなかった。それに前から本社勤務を望んでいたとしたら、早紀との関係をつなぎ止めるために、このマンションを探して引っ越させたのかもしれない。田村の行為をずるいと思う一方で、彼は離れたくないからこうしたのだと自分に言い聞かせてしまう。

次の日、早紀は「風邪」と偽ってバイトを休んだ。

「大丈夫?」という田村からのメールには「インフルエンザかもしれないから、しばらく来ないでね」と返信を打った。

横になると、さすがに眠気が襲ってきた。目覚めるとまだ昼前だった。洗濯機を回している間に食料の買い出しに行こうと、ジーンズにシャツ姿で部屋を出た。

思ったよりも外は寒かった。少し前まで残暑だと言っていたのに秋は早足でやってきたみたいだ。部屋に戻るのが面倒でそのまま出掛けたが、本当に風邪を引いてしまいそうになり、近所のスーパーで買い出しを終えると、慌てて(あわ)てマンションへ小走りで帰った。

走って乱れた息を整えながら外玄関のオートロックを開けようとしたとき、ロビーはちょうど清掃中だった。このマンションは午前中に清掃会社がやってきて、共用部分の清掃をしていく。早紀がたまに見かける若い男ではなく、見たことのない中年の男だった。

白いマスクをした青い制服姿の男はモップで床を拭き、モップで取れない汚れは膝をついて雑巾で床のタイルをぬぐっている。いつもの人より熱心に掃除しているのを見て、早紀はしばらく外玄関で待つことにした。

清掃の男は、飾り窓を素早く丁寧に拭き、チラシの入ったゴミ箱のゴミを袋に移していく。

男はこちらの気配を感じたように顔を上げた。早紀がオートロックを解錠してロビーに入ると、男は言った。

「すみません、お待たせして」

「いいえ。ご苦労様です」

男は首にかけたタオルで汗をぬぐった。こんなに寒いのに汗をかくほどの懸命さが伝わる。

「失礼します」

男は一礼すると、清掃道具をまとめてロビーから出て行った。早紀は男を自然と見送り、部屋へ戻った。

早紀は結局五日間、バイトを休んだ。インフルエンザと言った手前、出勤できないし、田村もマンションには寄りつかなかった。何か必要なものがあれば買っていく、と一度メールが来たが、早紀は断った。

休んでいる間、早紀は独りの時間を過ごした。図書館で本を読み、家で料理する。田村の都合に合わせず自分のペースで過ごすのは久しぶりだった。快適な時間は早紀の生活を刷新してくれるようだった。

早紀は部屋の大掃除をして不用品を選別した。長野を出るときにかなり処分したつもりだったが、いつのまにか所有物は増えている。

就活のために買った紺のスーツをクローゼットから取り出すと、上着に袖(そで)を通した。引き締まるような久しぶりの感覚を思い出す。脱いだ上着と下のスカートをクローゼットに戻し、シンプルなシャツやスカート、パンツの状態のいいものを二セットずつ残す。靴はスニーカーとローヒールのみを残してすべて処分する。

クローゼットには田村が選んだ服もあった。田村は洋服のセンスに自信を持っていて、早紀には手の届かないような国内ブランドの服を買ってくれた。よく考えるとどれも早紀の趣味とは違う。田村に好かれたいから着ていただけだ。まだ状態の良いものばかりだが、これを捨てることから田村との関係を変えようと、思い切ってゴミ袋に詰め込んだ。

服以外で残ったのは子どもの頃に貴子とやりとりした手紙、父が愛用したベレー帽、母の愛読した料理本。早紀はそれらと少ない蓄えと通帳、実印、必要最低限の生活用品を長野から来るときに使ったキャリーバッグにつめた。何かあってもこれだけ持っていけばいい。そう思ったら何となく気が楽になった。

ゴミ袋を両手に下げてロビーに降りると、ちょうど清掃の最中だった。先日の清掃係の男は早紀の姿を認めると、手を止めて頭を下げた。早紀も軽く頭を下げてマンションを出て、外にあるゴミ置き場に向かった。ゴミを捨てると再び部屋に戻って別のゴミ袋を両手に下げて降りてきた。

清掃係はゴミを持った早紀にまた動きを止めた。マスク越しにくぐもった声が漏れた。

「引っ越しされるんですか？」

「え……」

男に言われて心を決めた。

「はい、近いうちに」

「……まだゴミがあるようなら、運ぶの手伝います」

男は両手を出したので、早紀は言葉に甘えてゴミを差し出した。男は受け取るとそのままロビーの外へと向かった。

　早紀は部屋からゴミを運び、ロビーで男が受け取ってゴミ置き場へ出す。ゴミのリレーを三度繰り返すと部屋のゴミ袋はなくなった。

「これで全部です。ありがとうございました」

　最後のゴミを捨てて、外から戻ってきた男にお礼を言った。男は「いえ」と顔を伏せたまま、掃除に戻った。

　早紀は部屋へ戻り、冷蔵庫からペットボトルのお茶を一本取り出して再びロビーへ向かうと、掃除道具を片付けた男が帰るところだった。

　あわてて男の元へ行き、ペットボトルを差し出した。

「あの、手伝っていただいて助かりました」

　男は恐縮したように、帽子を取って頭を下げた。

「お気遣い、ありがとうございます」

　頭を上げてペットボトルを受け取る。蓋(ふた)を外してからマスクを顎(あご)までずらして一口飲んだ。

「……おいしい」

　ただのお茶なのに、と思わず言いそうになる。男は半分ほど飲んでからボトルの蓋を閉めた。

「ごちそうさまです」もう一度深々と頭を下げると、男は踵（きびす）を返した。

早紀はすぐに人材派遣業者に登録し、同時に田村と入れ替わりにやってきた店長にバイトを辞めることを伝えた。バイト最終日は二週間後となった。

しばらく逢（あ）わないうちに田村への思いは霧が晴れるように消えた。もうここに留まっている理由はない。

予定より前倒しで本社に戻った田村からの連絡も途切れていた。向こうも異動したばかりで多忙なのだろう。早紀は勢いに任せて携帯で新居を探し始め、部屋の荷物は更に選別し、捨てられなかった本をいくつか段ボールにつめた。

引っ越し先、派遣先、行く先を探す間にバイトの最終日を迎えた。深夜勤務に合わせて夕方出勤すると、まもなく紺のスーツの男が店にやってきた。

客が帰ったばかりのテーブルを片づけていた早紀を見つけると、田村は一目散に向かってきた。

「鈴本さん、バイト辞めるんだって」

開口一番、そう言った。

「はい……」

「そう……残念だよ」

聞き慣れた声に胸が詰まる。田村は黙ってバイトを辞めようとしていることを責めに来たのだ。いつかはわかることだとは思っていたが、自分の口で伝える程の勇気が早紀にはなかった。

田村は店長に声をかけ、とりとめのない話をしてからカフェを後にした。

「田村さん、何しに来たんだろうね」。新店長は田村の来訪理由が早紀にあることに気づいていなかった。早紀は田村の目が恐ろしくてまっすぐに見られなかった。

マンションに戻ると、テレビの音声が流れていた。明りを消したままリビングの二人がけソファに田村が座っている。テレビではどこか外国のサッカーの試合を放映していた。「何やってんだよ、そこは決めろよぉ」「よしっいけ」と田村は声をあげていた。

帰宅したばかりの早紀を一瞥(いちべつ)すると、田村は首のネクタイを緩めて投げつけ、早紀の足元に落ちた。そんな乱暴な田村を見るのは初めてだった。光沢のあるネイビーとボルドーのストライプのネクタイは、グロテスクな蛇のぬけがらみたいだった。

「どういうこと？　引っ越しでもするみたいじゃない」

早紀をいたぶるように言う。

田村は立ち上がると足元の段ボールを足で乱暴に蹴った。勢いづいて次々に蹴飛ばしていく。早紀は硬直しながら段ボールを凝視した。テレビのサッカー映像の明りが、暗い部屋に転がった段ボールを浮かび上がらせた。田村の大きく吐く息が部屋に広がる。

「……勝手にバイト辞めて、勝手に引っ越して、まさかぼくと別れるつもりなの？」

「………」

答えないでいると、突然後頭部を叩かれた。

「ふざけるなよ！　いい気になりやがって」

叩かれた勢いで床に伏せた姿勢になってしまった早紀は「また殴られる」と咄嗟に頭をかばった。衝撃を覚悟する時間が続いたが、何も起こらないまま、足音が遠ざかり、玄関扉が開いて閉じた。

早紀は震える足で立ち上がると、扉の鍵を閉め、チェーンをかけた。それでも安心できず田村がどこかに隠れていないか、寝室、トイレや風呂を確認して回った。

もうここでは過ごせない。

必要最低限のものだけをつめたキャリーバッグを持って早紀は部屋を出ることにし

た。

行く当てもなく、早紀は都心へ向かう電車に飛び乗った。携帯電話で安く滞在できるところを探し、東京下町の女性用カプセルホテルを見つけた。幸い空きがあり、チェックインをした。シャワールームを使い、ペラペラとした簡易寝間着に袖を通して横になる。子どもの頃によく入った押し入れに似た空間は、家よりもどこよりも安全だと感じられた。

カプセルホテルは安価だったが、このまま滞在し続けるわけにはいかない。家が定まらなければ仕事にも就けない。あっという間に社会から落伍（らくご）してしまうだろう。

四日後、早紀は早朝にマンションに戻った。田村の姿はない。部屋には出ていったままの状態で段ボールが転がっていた。この部屋の家賃を田村に補助してもらえない今となっては、一日も早く解約しなければならない。でも新居を探すまでは定まった住所が必要だ。誰にも頼りたくない、独りで生きていくはずだった。それなのに田村に甘えた結果がこれだ。寄る辺ない自分の立場を痛感した。

両親が亡くなったときに逆戻りしたみたいだ――いや、あのときは自分のせいではなかった。でも今回は自分の責任。

ともかく不動産屋に解約の意向を伝え、退去までの一ヶ月間に次の仕事と新居を探すことにした。綱渡りではあるが、そうせざるを得ない。

早速不動産屋に電話し、段ボールからこぼれた本を戻し、壁づたいにつみ直す。朝から何も食べていなかったことを思いだし、部屋を出た。一階ロビーに行くとあの青い制服が目に入った。熱心にモップで床を拭いている。

早紀はなぜかホッとして思わず声をかけそうになった。が、息が止まった。青い制服の向こう――内扉の外側に田村が立ってこちらを見ていた。

田村は早紀と目が合うと扉をコツコツとノックして、開けるように合図をしてくる。清掃の男は田村の方を向いたまま早紀に言った。

「お知り合いですか」

「え……」

答えるのに躊躇しているうちに、田村は合い鍵を使って難なくオートロックを開いた。

「やっと会えた」

満面の笑みで近づいてくる田村から隠れるように、早紀は男の後ろに後ずさる。

早紀の恐れを感じ取った男は、早紀を自分の後ろに隠すようにかばった。田村は下から舐(な)めるような視線を男にやり、顔を凝視した。

「誰？　ぼくは彼女に用があるんだけど」

「……ストーカーですか」

男は田村に向いたまま、早紀に問う。

「何言ってるんですか？　ストーカーが家の鍵持っているわけないでしょう。早紀、こっちにおいで」

「この人は、嫌がっています」

男は静かに断固たる口調で言った。

「おたく、掃除の人でしょう。これは二人の問題なの」

田村が手を伸ばして、早紀の手を引っ張ろうとした。

「いや」

男は田村の手をつかんで制した。

「警察を、呼びます」

田村は男の言葉に少しひるんだが「呼んでみろよ」と挑発的に言った。男が手を離すと、わざとらしく摑まれた右手部分を左手でさすった。

「……掃除係が正義感出して何やってんだか。あのね、この女の部屋の家賃は、おれが半分払ってやってんの。それだけじゃない。洋服買ったり、食事連れていったり。

もうこれは大人の援助交際みたいなもの。貰うもんだけ貰って消えようなんて、虫が良いんだよ」

早紀はカッと顔が熱くなった。

「何言ってんの……」

「反論があるなら言ってみろ」

「貰ってなんか……」

家賃の補助くらいするよ、似合う洋服を買ってあげる、美味しいものを食べよう。

全部愛しているからだと思っていた。叫び出したいような思いに駆られているのに、なぜだか声が出ない。

「あの、それは違うと思います」

男の声が早紀と田村の間に割って入った。

「なんだよ、関係ないだろ」

「関係ありませんが、言います。あなたが援助するのは勝手ですが、引換えに何かを求めるのは違います。たとえ彼女の求めに応じて援助したのだとしても、見返りはなくて当たり前です。恋愛は仕事ではありませんから」

「はぁ？」

「あなたはこの方が好きだったから付き合ったのでしょう?」

男の勢いに田村は動揺しながら答えた。

「最初はそうだよ」

「今は違うんですか?」

「それはこいつが勝手な行動をするから」

男は振り返って早紀を見た。

「あなたは、どうなんですか」

男は澄んだ目で問う。

「好きじゃありません。むしろ嫌いです」

「何言ってんだ!」

激高する田村の言葉を遮って、男は言った。

「この方はあなたが嫌いだと言っていますし、あなたはもう好きじゃない……ただ執着しているだけ。もう答えは出ています」

田村はぽかんとした表情で、男の言葉を聞いていた。

「っていうかお前関係ないのに、何なんだよ! 調子に乗ってるとぶっ殺すぞ!」

拳(こぶし)を振り上げた田村に、男は後ろを振り向いて天井の隅を指さした。

防犯カメラがあった。

「あそこに今の言動はすべて録画されています。おれが警察に届ければ、すぐに調べるでしょう」

男は初めて「おれ」と自称した。

田村は拳を下ろすと、そのまま外扉を出ていった。早紀は田村の背中を見送りながら、独り取り残される寂しさから解放されたことを実感した。

男は早紀に向き直ると、頭を下げた。

「すみません、部外者の分際で」

「いえ、わたしこそ、みっともないところを見せてしまって……でも、おかげでわかりました」

男は顔を上げた。

「……わたしも執着していたんです、少し前まであの人に。それを好きなんだと勘違いしていました。本当にバカでした……あ、これも防犯カメラに収録されてるんですよね」

「大丈夫です。あれ、ダミーのカメラですから」

精巧なダミーカメラを見上げてから男に視線を戻す。胸元に付けた白いネームプレートに「困っていることがあれば相談に乗ります。おれでよければ」とあった。

「困っていることがあれば相談に乗ります。おれでよければ」

藁にもすがりたい気持ちだったが、言葉を額面通り受け取れない。その気持ちを感じ取ったのか友之は続けた。

「……おれはあなたがどんな人なのか、まだわかりませんけど、悪い人だとも思わない。困っているならできる範囲で助けたい。溺れている人を見殺しにできないのと同じです」

友之は真剣だった。妙な勘ぐりをしたことを恥じてしまうほどに。

溺れている人を見殺しにできない、早紀は友之の言葉をありがたく思った。でも何度か顔を合わせただけの住人と清掃係という現実がどうしても壁になる。すると友之がつぶやいた。

「友だちになるのは、どうでしょうか」

「え……」

思いがけない提案に早紀は何と答えていいかわからなかった。

「困っているときに友だちの価値がわかる、と聞いたことがあります。大事な友だちが困っていたら助けますが、他人のおれがあなたを助ける理由はありません。でも友だちなら助ける理由があります」

「……でも、それじゃ助けるために友だちになるみたいで」

人の善意にすがってしまえば、田村との二の舞になってしまうかもしれない。

「おれは、どっちでもいいと思います。友だちになる前でも、友だちになった後でも……結果助かれば」

友之は汗を滴(したた)らせながら、壁の一点を見つめていた。早紀の中である感情が生まれた。

「これから友だちになりましょう。わたしからお願いします」

早紀が右手を差し出すと、友之はおずおずと手を出した。

この人がどんな人かわからない。だけど悪い人ではなさそうだ。早紀に初めて異性の友だちができた。

友之は早速知人の不動産屋と引っ越し業者を早紀に紹介した。不動産屋は親身になって新居を探してくれ、住まいが決まると引っ越し屋の世話になった。同時に行った職探しでも「仕事内容にこだわらないなら」と、イセダ清掃の契約社員として働けるよう取りはからってくれた。そのことで早紀は、友之がイセダ清掃の後継者と知った。

「人がいないときは、社長だって現場に出る」

後継者の友之が現場で働くことで社員たちとも交流が生まれ、現場の緊張感も高まる。

しかし正社員の多いイセダ清掃で、未経験の契約社員で若い早紀は目立つ存在だった。友之との関係をあれこれ勘ぐられるのも面倒なのでお互いに知らぬふりをすることにした。

経営側と契約社員の立場であったが、友之との友人関係に問題はなかった。ある日どういう話の流れか、友之がこう話したことがあった。

「おれは結婚願望がないから」

社内でも「二代目はいつまで独身貴族なのかね」という声を聞く。それは会社の後継者問題に関わることであったが、早紀は友之の思いをどうであれ尊重したい、と思った。

友之は仕事以外では早紀に砕けた物言いで、学生時代の友だちを思い起こさせる接し方をした。早紀の気持ちを尊重し、適度な距離を置いてくれる。付き合うほどに良い人だと思う。

妙な展開ではあったが、こういう友だちができたことが何より嬉しかった。

新しい生活に慣れた頃、友之は副社長となり現場を離れた。友之と社内で会うことは滅多になく、思い出したようにラインを送って近況を聞いたりしていた。

ある週末、友之に誘われて新橋の串揚げ屋に行った。カウンターに二人並んで理由もなくビールで乾杯する。友之は珍しく仕事の話をした。

「同業が台頭しているから、勝つためには値段を下げて、その分仕事を多く獲るってやり方もあるけど、おれはそういうのは好きじゃないんだよな」

「あなたらしいね」

十八歳上の友之に最初は敬語を使っていたが、社を離れるとくだけた口調になる友之につられて遠慮するのをやめた。その方が友之も楽なのか、より心を開いてくれたようだ。

友之は人を出し抜いてまで勝とうとは思わない人だ。目の前で料理人は揚げたての串揚げを皿に置く。早紀はそのタイミングに合わせて串を取っていったが、一旦考え出した友之の串はどんどん皿に溜まっていった。

早紀に話すことで友之は頭の中を整理しているのだろう。早紀は黙って食べていたが友之の串の皿を見て、ふいに言葉が出た。

「食べたいタイミングでセルフ串揚げができたらいいのに」

「……それ、いいな」

友之は急に串揚げに手を伸ばして食べ出した。まもなくイセダ清掃で家庭用の掃除グッズの製品化が検討され、発売されると想定外の売り上げを記録し、友之は社内で二代目としての存在感を示した。早紀も「ボンボンもやるなぁ」と古参の社員が話しているのを耳にした。

このことで早紀は友之の二代目としての苦悩を知った。何もかも恵まれた友之だったが、大きなプレッシャーを抱えていたのだろう。ワンマンな創業者の父と過敏そうな母の元で期待されて格闘してきた友之を早紀は尊敬した。

勤め始めて二年経った頃、社内で見かけた友之の顔色が悪いのが気になって、夜になってから早紀は久しぶりにメッセージを送った。

(さっき見かけたけど、調子悪いの?)

(調子悪いのは、おれじゃない。お袋のほう)

(どこか具合悪いの?)

(子宮体癌だった)

癌の文字に驚いて、すぐ電話をしたが友之は出なかった。仕事中かもしれない。すると折り返し電話があった。

「頼みがあるんだ。会ってから話したい」

深刻そうな声だ。早紀の家の近くのファミリーレストランで会う約束をし、夜十一時少し前に行くと友之は到着していた。

「食べ物は十一時十五分、飲み物は十一時半がラストオーダーです」

聞き取れないほど早口の店員に早紀は紅茶を頼み、友之はクリームソーダとショートケーキを頼んだ。

いつもなら甘いケーキと甘い飲み物の組み合わせを「どっちも甘くて味わかんなくなるよ」と突っ込むのだが、癌の話を聞いたばかりなので言えなかった。

状態は深刻で、打つ手はほとんどないという。友之の辛さが伝わる。しばらく言葉は途切れた。友之は届いたケーキを味わう様子もなく口に入れ、クリームソーダの緑と白をストローでかき回していた。

「……早紀ちゃんは強いよ。両親を一度に亡くすなんて……おれなんか母親が癌だっていうだけでこんなに動揺している」

「強くなんかないよ……」

両親の旅行に一緒に行くはずが、予定がくるってしまったこと、そのせいで両親は巻き込まれるはずのない事故に遭ってしまったこと、従姉の貴子はそのことを気に病み、昇格したのに美容院を辞めてしまった。早紀自身も貴子のその後が気になりながらも逢わないまま、現在に至っている。友之は少し涙目になって、早紀が話す間何度も頷いた。合皮の椅子に友之は座り直し、改まった口調でこう言った。

「早紀ちゃんにお願いがある」

「うん、わたしにできることがあれば何でもやるよ」

「おれと、結婚してくれないか」

何を言われたのか、一瞬わからなかった。

「なに、それ」

「形式だけでいい。届けも出さなくていい。お袋はおれの結婚を望んでいるから、それを叶えてやりたい」

思いがけない友之の願いに思考が止まった。まっすぐな目に促されるように早紀は口を開いた。

「お母さんのために、結婚するの？」

友之は頷いて、言葉を続けた。

「母の最後になるかもしれない頼みってこともある。正直いうと結婚のプレッシャーはあちこちから受けていて、面倒くさいってこともある。早紀ちゃんは友だちとして信頼できるし、友情の結婚っていう手はどうだろう」

「……これまで結婚しようと思った人はいなかったの」

友之は一瞬黙って、目を伏せた。

「ひとりいたけど、こっぴどくフラれた。それ以来結婚願望を持ったことはない」

「その人のせいなの」

「そうだね」

他人事のように返事したが、おそらくよほど辛い思いをしたのだろう。それだけ真剣に向き合った結果だ。

「おれは正直、結婚という制度がどうも信じられない。だからしないと決めていた。愛し続けるのは血縁でも大変なのに、人生をかけて他人を愛せる自信はない……そう思っていた。でもちょっと愛を信じていいかな、という出来事があった。これまでおれは信じられなかったんだ。誰の気持ちも、自分の気持ちも……」

友之の言葉を反芻しながら、これまでのことを思い返した。他人を信じて傷ついた後は、もう二度と信じたくないと思う。愛した相手を裏切り、裏切られた経験があるからなおさら——。

「わたし、正直にいうと、今の関係がとても心地いい。これまでの友だち関係とは違って、近づきすぎず、依存せず、困ったときには向き合えて……こういうのが一生続けばいいな、と思っている……だから結婚していいよ」

「……え？」

途中まであきらめた表情を浮かべて下を向いていた友之が、驚いて顔をあげた。

「どうして驚くの？ 結婚してほしいっていったくせに」

「飲み物のラストオーダーです」

急に割り込んだ早口の店員に、友之はカンパリソーダを、早紀はノンアルコールビールを追加注文した。店員が去るのを待って、友之は早紀に食いつくように言った。

「本当におれと結婚してくれるの？ 年も離れているし、こんな太ったおっさんでいいの」

「くれるとかじゃなく、結婚はただするものでしょ。それに友だちの容姿を気にする人いる？ 見た目なんか関係ないじゃない」

「昔から、見た目をいじられてたから、つい」

友之は恥ずかしそうに肩をすくめた。

「わたしも人を好きでい続ける自信はない。でもあなたが溺れているなら、見過ごせない」

　早紀は上半身をテーブルに乗りだして、友之に少し顔を近づけた。

「わたしも友情の結婚なら、続けられるような気がする」

「……ありがとう」

　男性店員は注文したドリンクをテーブルに置くと「ご結婚おめでとうございます！」

　と嬉しそうに言った。

「すみません、さっきプロポーズしているの聞いちゃいまして。実はぼくも来月結婚するんです」

「……お、おめでとうございます」

「おめでとうございます」

　早紀も友之に続いてお祝いの言葉を口にすると、店員は笑みをたたえて去っていく。

　その後ろ姿を見送りながら、友之は言う。

「結婚するって聞くと自然におめでとうって言うし、言われるのをああして待つものなんだ」

　友之の言葉に、早紀は思い立った。

「人を妬んだり憎んだりはするけど、あらためて祝福することって滅多にないよね。つい自分のことで手いっぱいで、人のことなんかどうでもよくって、どろどろしたマグマみたいな感情に自分を支配されちゃう。だからたまには人の幸せを祈りたくなるのかもしれない。たぶん自分を浄化するために、人の幸せを祈っているんだよ。その儀式が結婚式なのかもね」

まもなく閉店の時間です、と早口の店員は各テーブルを回って伝えている。話し疲れた友之と早紀は黙ったまま店員の声に耳を澄ませ、それぞれに店員の幸福を祈った。

それから半年後の今日、友之と早紀は形式上の結婚式と披露宴を行った。この「結婚」の真実をゲストの誰も知らない。

友之の提案で招待した伯父夫婦と貴子も列席してくれた。今日初めて会ったレンタル友だちのスピーチにも思いがけず感動した。あの人なら本当に友だちになれそうな気がする。

正直結婚式なんて仮装パーティーのようなものだと思っていた。でもこんなに祝福の言葉と気持ちを向けられる儀式は他にない。早紀はこういう機会をくれた友之に心の底から感謝した。

友之は届けにこだわらない、と言ったので婚姻届は出していない。でもこうしてお披露目したことで、友情関係に結婚という節目ができた。

心強い友だちが夫でもあり、家族でもある。そのことを世に誇りたいような気持ちが湧いている。高揚ではなく、穏やかな安心感に包まれる。

披露宴も終わりかけたころ、友之がそっと耳打ちした。

「結婚式って結構感動的だね。早紀ちゃんがあんなに泣くなんて驚いた」

「これに味を占めて、相手替えて何回もやらないでね」

横目で見ると、友之は目を見開いた。

「あ、その手があったか……でもおれ一回でいいな」

「わたしもそのつもりです」

二人は小さく笑った。

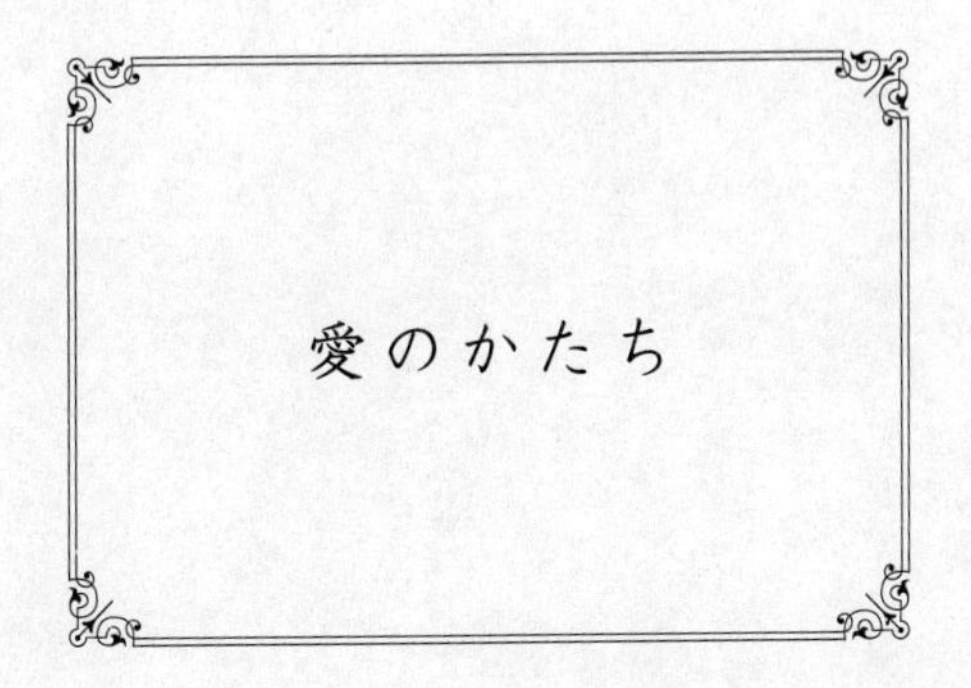

愛のかたち

高いところは苦手だ。

ジェットコースターは乗ったことがない。見上げるだけで嫌な汗が出てくる。東京タワーやスカイツリーからは都会が一望できるらしいが、地上から眺めている方がいい。

上から世界を見下ろすより、遠く離れた方がそびえるタワーの美しさがわかる。どんなことも少し距離を置いた方が、物事は見えやすい。人間関係だって、近づきすぎるから誤解やなれ合いが生じる。満員電車の車内が不快なのは、自分の占有スペースが極端に狭くなるからだろう。離れていれば、トラブルだって起きにくい。

近づいて見ていいのは、ゴミや汚れくらいだ。いつからか友之は床や窓を磨いたり、整理整頓するのが好きになった。自分自身もいつも身ぎれいでいることを心がけている。かなりの汗かきだということもあって、常に下着とシャツの替え、タオルやハンカチは持ち歩いている。

汗は本当に面倒だ。今だって何もしてないのに頭から滴ってくる。とめどなく流れる汗はすでに霧雨に近い。

まっすぐ顔をあげると霧雨の向こうは白い花々で囲われて、手元には銀のナイフとフォークが何本も並んでいる。床から一段高く作られた席にいるので、会場全体がよく見えた。

前方テーブルには父の代から付き合いのある取引先の面々が座っている。同じテーブルには友之が社長になってからの取引先の代表たちもいた。世代の違う経営陣はどんな席でも作り笑顔を忘れない。

その後ろには、イセダ清掃の社員たちがテーブルを囲んでいた。平均年齢四十二歳の社員たちは、互いに普段とは違う同僚たちと酒を酌み交わしているせいか興奮気味だ。

その隣のテーブルにはかつての銀行の同僚たち。それぞれに合コンで結ばれた妻同伴だ。

一番後ろには両親、弟家族、妹家族のテーブル。早くに結婚した弟には中学二年と小学五年の兄弟、妹には二歳の女の子がいる。ほかのテーブルには社員が連れてきた乳児がいるようだ。子ども特有の高い声が時折響く。

学生時代の友人たちはすでに結婚し、早い奴は孫もいる。今更結婚式に呼ぶのも憚られたが、昨年偶然再会した池田を誘ったら、その場で参列すると約束してくれたので、新婦側のテーブルについてもらった。

披露宴会場にはこれまでの友之の人生に関わった人々が集結している。

友之の席は常時強いライトが当たっていて、どうしようもなく暑い。汗の雨はやむことを知らない。

一方会場のゲストたちは涼しげな顔で、主賓であるかつての上司の挨拶を聞いている。

ふいに腿あたりに生白く細い手が差し出された。白いハンカチが握られている爪には普段はしていないネイルが施されていた。

「……ありがとう」

受け取ったハンカチで汗をぬぐう。緊張のあまり、汗を拭くハンカチを忘れてしまった。チラッと隣を盗み見ると、白い手の主は正面を向いて主賓の話に聞き入っていた。

友之は面と向かうより、彼女の横顔を好んだ。横顔には人間の本当の顔が見える気がする。

端整な横顔に見入りながら、これまで見てきたさまざまな横顔を思い起こした。

「友之、将来は何になりたいんだ」

小学校に入ってから、父は定期的にそう問うた。

小学四年の夏、珍しく休みだった父と、母の作ったチャーハンを食べている最中だった。

父の隣には母が座り、友之の隣では五歳下の弟と七歳下の妹が猫のようにじゃれ合いながら食事しているので、怒られやしないかと友之はハラハラとしていた。

父は食事の際、必ず友之を正面に座らせる。

友之は口の中のチャーハンをしっかりと咀嚼してから口を開いた。食べ物を口に入れたまま話してはならない、と教えたのは父だった。

「えっと、サッカー選手！」

「……サッカーできるのか？」

父は言葉を投げた。

友之は体育の授業が嫌いだ。走るのにも飛ぶのにも、この重い体は思うように動いてはくれなかった。でもサッカーワールドカップの日本代表の活躍を見て、憧れの気持ちから思わず言ってしまった。

「できないけど……」

おろおろと答えを探す友之に父はため息をつき、チャーハンをレンゲで掬って、口に運ぶ。弟と妹のはしゃぐ声が食卓に響くほどに、父と友之の口は重くなる。さっきまでの食欲がどこかへ飛んでいき、友之はレンゲを動かす手をとめた。

「友ちゃん、ちゃんと食べないとね」

母が食卓の凍り付いた空気をとかすような甘い声を出した。

「うん」

友之は無理矢理チャーハンを口に詰め込んで、飲み込むように全部食べた。喉が詰まってコップの水で流し込んでいると「お兄ちゃん、遊ぼう」と弟の哲也がせがんでくる。哲也の皿にはまだチャーハンが残っていた。

「これ、全部食べ終わったらな」

「もうお腹いっぱいだもんっ」

哲也は愛らしいしぐさと口調に反して頑固だ。

「いいわよ、てっちゃんには量が多すぎたかもしれないから。友ちゃん、遊んであげて」

母は半分ほどチャーハンが残っている哲也の皿と空いた友之の皿を重ねて、シンクへと運んでいった。

父は妹の桃佳に目をやり「水、飲むか？」と声をかけて、口元にコップを持っていく。丸々としたピンクの頰をした妹に父はめっぽう弱い。

友之は弟に手を引かれて食卓を離れた。すぐ隣のリビングに着くと、哲也はカーペット敷きの床にブロックの箱をひっくり返し、遊び始めた。

「これがてっちゃんの家」

このところ哲也はカラフルなブロックで家を作るのに夢中だ。

「上手だなぁ」

友之がそういうと、哲也は嬉しそうに体をよじらせる。ふと心に疑問が立ち上る。

ここはぼくの家、なんだろうか。

誰に聞いていいのかもわからない。答えがはっきりするのも怖かった。

ちょうど一週間前の日曜日、暑さで目が覚めた友之は水を飲もうと自分の部屋を出た。

階段を降りていくと、一階で人の気配がした。

リビングの灯りが扉のすき間から廊下にこぼれている。足音を忍ばせて、扉の前にたどり着いた。さてどうやって扉を開けようかと考えていると、突然父の声が響いた。

「やめないか！」

バレた、と友之は震えた。父は遅くまで起きていると怒る。途中で目覚めたとしても許してくれないかもしれない。

「そんなに大きな声出さないで……」

母の声は涙混じりだった。父は母とケンカしているのだろうか、友之は聞いてはいけないような気がして、のどの渇きを我慢して部屋へ戻ろうとした。するとあの言葉が足を止めた。

「友之は……あの子は小さい頃から大事に育ててきたの……るいは関係ない」

突然自分の名前が出てきたことで、友之は部屋へ戻れなくなった。るいとは、母の妹で友之の叔母。これまで数えるほどしか会ったことがない。正月や法事といった親族の集まりに時々顔を出す。「シンシュツキボツな奴」と父は言っていた。

母の言葉の意味を友之なりに探っていた。泣きながら自分の話をする理由が思いつかない。すると父の声が聞こえた。

「最初に決めただろう……友之は……さい」

「あなた……」

急に小さくなった両親の声を聞こうと、友之は扉からそっとのぞき込んだ。

いつものダイニングテーブルで二人は向かい合って座っている。友之はつばを呑(の)み込んで、出来るだけ静かに息を吐いた。

母は顔を覆(おお)っていた両手を外した。父は子どもの前では吸わないたばこに火をつけた。友之は見慣れない両親の姿を見ているうちに、二人の横顔が見たことのない人のように思えてきた。

父はたばこを一度吸っただけで灰皿に押しつけて火を消すと、茶碗(ちゃわん)のお茶を口にして、再びテーブルに置いてから言った。

「……当たり前だ。あの人にそう言え。それにいったいどうやって友之を育てるつもりなんだ？　仕事もろくにせず、実家に金だけせびりに来てるんだろ」

「そうだけど……あの子は体が弱いし、いろいろやりたいこともあるみたいだし」

「そうやって身内のお前たちがかばうから、あの人はああなったんだろ。自分にとことん甘くて、周囲に迷惑ばかりかけて。子どもをペットと間違えているんじゃないか。友之を育てられないとわかって、手放したんだろう。捨てたも同然だ」

一瞬、白い空間に墨が飛び散ったようだった。

そのあと一体どうやって部屋に戻ったのか、友之は覚えていない。

――ぼくは叔母さんの子どもで、叔母さんが育てられずに捨てられた。そこで父さんと母さんが引き取った。あの夜の話を要約すればそういう意味になる。

哲也と桃佳はたぶん父さんと母さんの子だ。

哲也は父さんとよく似たおでこをしているし、眉(まゆ)は母さん似。桃佳は輪郭が母さん、目元は父さん似。

自分は、母さんと似ていると言われたことはあるけど、父さんとは似ていない。友之自身、両親のどちらにも似ている気がしなかった。

この家の子どもじゃない、そう思うと友之は胸がギュッと痛んだ。

ガシャンと目の前で音を立ててブロックが崩れて、我に返った。哲也は小さな手を叩(たた)いて笑っている。

「おうち、こわれちゃった」

何が可笑(おか)しいのか、哲也は何度も「こわれた」と繰り返して笑い続けた。

友之は、ブロックの家の残骸(ざんがい)を見下ろしていた。

友之は父に言われるまま中学受験し、本命の中高一貫の男子校に合格した。

小学校時代から同級生の中で一番体格が良かった友之だが、中学に入ってからさらに体は成長し、健康診断では「肥満」の域に入ってしまった。

幼少期は病弱だったという体を心配して、友之にあらゆるものを食べさせた母だったが、徐々に大きくなる友之の体を心配し「少しダイエットしたら？」とすすめた。友之もさすがに気にしていたが、成長期の食欲を抑えることができなかった。そのうえ運動が苦手だったので運動部は避けた。先輩がいない、という理由だけで生物同好会に入った。

友之が父の希望する学校に入ってからは、父は何かと将来の夢を聞くことはなくなった。五歳下の哲也は勉強よりもサッカーに夢中で、決して父の言いなりにならなかった。

「イセダ清掃を継いでくれるか」

父からそう言われた日を友之は忘れない。高校に入って初めての夏だった。

「お前が継いでくれるなら、まかせたい」

「哲也じゃ、なくていいの？」

友之としてはこれ以上ないほど勇気を出して発した言葉だった。本当の子どもじゃないのに自分でいいのか、ずっと不安だった。

父は少し目を見開いたが、すぐにいつもの表情を取り戻した。

「……お前は長男だし、きちんと結果を出している。哲也には会社経営より、もっと向いていることがあるだろう」

そう言って父は目を閉じた。

「……哲也はまだ小学五年なのに、そんなことわかるの？」

「お前の小学五年の時と比べれば、それで十分先は見える」

開いた目はすべてを見透かしているようだった。

父から後継者と言われても、友之は素直に喜べなかった。いつか「本当の子どもじゃない」と突き放される気がして、不安だった。そんなとき隣の区に住む母方の祖母が右足大腿骨骨折で入院した。

「ぼく、お祖母ちゃんのお見舞いに行ってくるよ」

祖母は子どもの頃から友之たちをかわいがってくれていた。

「友ちゃんが行ってくれると助かるわ。わたしも中々行けなくて」と母は見舞金を持たせてくれた。友之は自分の小遣いで小さな花束を買い、病院を訪ねた。

「あら、友之が来てくれたの?」

祖母は意外な来客に驚いた様子だ。

「父さんや母さんはいろいろ忙しいから。ぼくが代表ってことで。花、飾るね」

友之は花瓶に花を生ける。祖母はベッドの上で動けないのに、冷蔵庫の飲み物やお菓子をしきりに勧めて、友之の来訪を喜んでいた。祖母との会話の途中、友之はさりげない口調で切り出した。

「そういえばるい叔母さんは、お見舞いに来た?」

窓を背にしたベッドにいる祖母の表情は、太陽の陰になってよくわからなかった。

「……あの子はそういうことしないから……今頃どこか海外にいるんじゃない?」

「海外? どこ」

「さあ、困った人を助けるとか、なんとか……」

たしかあの夜、母はるいのことをこう言っていた。

「……あの子は体が弱いし、いろいろやりたいこともあるみたいだし」

そのやりたいことが、海外で困った人を助けることだったのだろうか。自分の子を置いてまで他人を助けに行くなんて……初めてるいへの怒りを覚えた。

「友ちゃんから、るいの名前を聞くとは思わなかったわ」

祖母はどことなく据わりが悪そうに答えた。

「あのさ、るい叔母さんは……結婚してる？」

本当は「るい叔母さんはぼくのお母さんなの」と聞きたかったが、さすがに言えずに言葉を換えた。

「……あの子はね、小さいころから体が弱くてね。結婚は無理だったの。どうしてそんなこと聞くの？」

祖母は友之の意図を測りかねたのか、逆に質問を返してきた。

「別に……ちょっと気になっただけ」

「あの子は、るいは優しい良い子よ。ちょっと世間から外れているから、理解されにくいの」

祖母は寂しそうにつぶやいた。それ以上聞けず、友之はしばらくして病室を去った。るいは自分と同じように幼いころ体が弱く、今は海外にいる……それだけが収穫だった。

祖母が亡くなったのは、友之が見舞ってから約三ヶ月後だった。肺炎だった。

通夜の席、横たわる祖母に友之は心の中で話しかける。

(るい叔母さんのことを聞ける人はいなくなった……ぼくは本当にるい叔母さんの子

なの）

祖母が亡くなったことよりも、真実を聞き出せなかったことを残念に思う自分がいた。

通夜、告別式は地元の斎場で執り行われた。告別式の日、参列者の対応をする母とは別室で哲也と桃佳の面倒を見ていた。

ふと部屋の外が騒がしくなった。

「るい」

母の声が聞こえた。

なんとなく予感はあった。祖母が亡くなったのを知れば、やってくるはず――。

「ちょっと、トイレ行ってくるよ」

弟たちに声をかけて、部屋を出た。最後に逢ったのはいつだったか、記憶の彼方にある、るいの顔をひと目見たかった。

そして目的の人を見つけた。喪服姿の母と向かい合った黒いワンピースのシルエット。二人の横顔はどことなく似ている。

「友之」

母はこちらを振り返ると、黒いワンピースの人も同じく振り返る。

切れ長の目、薄い唇、長い髪にはゆるくウェーブがかかっている。丸い鼻が自分と似ているように思った。

「友之くん……大きくなったわね。もしかして制服のサイズがないの？」

友之は手持ちの白いシャツと黒いズボン姿だった。

「……制服がないんです」

「あ、そう」

るいは友之の顔から足元へ視線を動かし、再び顔に視線を戻した。友之は居心地悪くなって下を向く。

「いくつになったの？」

「……高一です」

るいはにっこりと笑った。

「あと二人、いるのよね」と母に訊く。

「そう、この子の五つ下の男の子と七つ下の女の子がいる」

「名前は？」

「哲也と桃佳。あっちの部屋にいるわよ」

「わー会いたいわ」

るいは高い声をあげて、母が指さす部屋の方へ向かった。友之には関心がなさそうだった。

その後葬儀では僧侶の読経中、母は声を殺して泣いていた。父はじっと動かない。さめざめと泣く母の姿を見て、ショックを受けた桃佳がしくしくと泣き出したので、友之はなだめるのに必死だった。じっと座っていられない哲也の様子も気になる。

弟と妹の席に等分に尻をはみ出させ、真ん中に座っている友之は泣きたい気持ちだった。祖母を失った悲しみより、るいが自分の年齢を覚えていなかったことへの失望が胸に広がった。でも妹に泣かれると、その涙をせき止める側に回らざるを得なかった。

祖母亡き後、母の様子が少し変わった。

どこか不安定で、家事もおぼつかない。父は「しばらくすれば元に戻るだろう」と言ったが、友之にはそうは思えなかった。

そして友之に対して、母は不自然に遠慮がちな態度を取った。その変化に友之は戸惑った。

ある夜、部屋で宿題をしていると、母の悲鳴に続いて金属がぶつかる音がし、慌ててリビングに駆けつけた。

母はリビングの隣のダイニングにいた。高い棚から何かを取り出そうとして転んだらしい。床に腰を打ち付けたらしく、両手両足を床についていて痛みをこらえた表情を浮かべている。周囲には銀色のサラダボウルが幾つか転がっていた。

「大丈夫」

思わず母の元へ走り寄る。自分の足音が豪快に部屋に響いた。

「……大丈夫よ」

息子を見上げながら後ずさりするように腰を引く母を見て、友之は一瞬戸惑った。何かを怖がっているみたいだ。

ゆっくりと中腰になった母は、両手で腰をさすりながら、姿勢を戻した。

「年かしらね、こんなことで転ぶなんて」

自虐的にそう言ったが、友之は母が自分を怖がっている、そんな気がしてならなかった。

小さい頃はこうじゃなかった。だとしたら、何が原因か……部屋に戻る前にトイレに寄り、洗面所で手を洗いながら、鏡の中の自分を見た。

頬に手を当て、ぐいっと肉をつかむ。

「おい、伊勢ふく」

鏡の自分にそう呼びかける。先日、学校で初めてつけられたあだ名だった。

同級生に池田という生徒がいた。イセダとイケダの音が紛らわしいと、クラスメイトが「おい、イセフク」と友之に呼びかけたら、誰かが「それ、ピッタリじゃん」といきなり盛り上がった。

「なんだよ、イセフクって」

友之は一応抗議するふりをしてみた。

「イセダは社長の息子だから裕福だろう。だから（伊勢ふく）」とクラスメイトは冗談っぽく言ったが。でも「伊勢ふく」の本当の意味はわかっている。

太っているからだ。

結局友之は「伊勢ふく」と呼ばれることを拒絶しなかった。反発すればいじめに発展するかもしれない。いじられているだけなら構わない。いつだって周囲と違う奴は、無視されたり露骨に嫌われたりする。そんな状態で残りの高校生活を過ごすなんて考えられない。

そんなとき、図書館でたまたま手にした本を読んだ。精神科医が書いたその本はどんなに辛（つら）い状況にあっても受け止める側の解釈次第で人は変われる、という内容だった。事故で左足を失い自暴自棄になっていた男性が、ある日朝の光を「不覚にも」美しく思う。絶望の最中にいたのに、朝の光に心動かされたことに本人も驚いた、とあった。生きていることは楽しくない、と思い込んでいたが、美しいものに出会って心は動いた。心は自分の意思とは関係なく、生まれつきの能力で生きようとする。その方法が解釈。

考えた末に、のんびりとして無害な「伊勢ふく」キャラを演じようと友之は決めた。それは母のためでもあった。現実が変わらないのなら、自分が変わろう。

母が自分を恐れているような気がするのは、本当の息子じゃないからかもしれない。でも友之にとって両親は今の両親しかいない。

学校と同じく「伊勢ふく」キャラとして、母に不安を与えないようにしよう。友之は鏡の前で目を細めて笑顔を作った。

主賓の挨拶が終わり、食事が始まったところで、一人の男が会場奥の扉から入ってきた。

名前の音は似ていても、自分と見た目も性格も違う池田だ。予定時間より少し遅れてくるのは、学生時代と変わらず彼らしい。昨年末にこのホテルのバーで再会したときに誘ったら、本当に参列してくれた。おそらく「伊勢ふく」がどんな女と結婚したのかを見ようという魂胆だろう。遠目にも彼はスマートで、同い年と思えない若々しさだった。

披露宴はつつがなく進行し、早紀は見事に新婦らしく存在している。この披露宴に呼んだのは、友之の関係者が多いが、呼ばなかった人が二人いる。

ひとりは、るい。そしてもう一人は、木村美月——かつて結婚を考えた女性。

あとから思うと、美月はるいと横顔が似ていた。いつも微笑み(ほほえみ)をたたえているようで、どこか憂い(うれい)があった。

「母さん、るい叔母さんは海外に住んでいるってホント?」

食事の席で、十歳になったばかりの桃佳がそう言った。母は食べていたものを飲み込んでから答えた。

「いきなり、なあに」

「おばあちゃんのお葬式でるい叔母さんがそう言っていたの。桃佳もいつか行きたいな。るい叔母さんに頼んでよ」

「……それ、嘘(うそ)よ」

「えー嘘なの? るい叔母さん、桃佳に嘘ついたの?」

がっかりした様子で桃佳は嘆いた。

「なんでそんな嘘つくんだよ」

声変わりしたばかりの哲也が言う。

父はるいの話題に我関せず、という態度をとっている。

「……るい叔母さんは、夢追い人なの。さっさと食べちゃいなさい」

普段優しい母が冷たく言い放つと、哲也と桃佳は空気を読んで急いで箸(はし)を動かした。

その後、友之が大学に進学して成人してから、昔の写真を探してみた。哲也や桃佳よりも自分の写真が多い。友之が幼稚園のときに描いた父の絵や、小学生のころのつたない字の作文など、丁寧に保存してあった。

もしかしたら、単なる勘違いだったのかもしれない。時がたつにつれ、そんな気がしてきた。あの日心に飛び散った墨も、段々と薄くなっていった。

大学では「伊勢ふく」と呼ぶ者はいなかったが、家の中では父には従順な、母には優しい長男であろうと努力した。

しかし暗雲は別の形で垂れ込めた。

哲也が高校受験に失敗し、通信制の高校に入った頃から、素行に問題がありそうな友人とつきあい始めた。母はそのことで心のバランスを崩した。

哲也は受験の挫折から人が変わったように荒れた。友之が何か言うと反発する。桃佳は明るくふるまっているが、哲也の怒りのスイッチが入ると、すぐに部屋に引きこもった。父はたびたび哲也を叱咤したが、その度に逆上してしまう。哲也は伊勢田家の腫物のようになり、家の中は常にピリピリとした空気が漂っていた。

家の悩みを抱えたまま、大学から最寄り駅に着いたとき、声をかけられた。

「友之くん」

振り返ると、細身の女性がいた。

るいだった。

るいに誘われて、駅近くの喫茶店に入った。窓から差し込む光とたばこの煙が混じり合い、店内はどことなく白い。るいはアイスコーヒー、友之はクリームソーダを頼んだ。

「甘い物が好きなのね」

メニュー写真に惹かれてつい頼んでしまったが、やめておけばよかった、と後悔する。そんなことを気にする様子もなく、るいはたばこを一本取り出して「いい？」とくびをかしげた。友之が「はい」と答えると、早速火をつける。ゆっくりとたばこを吸い、口から煙を吐き出すとき、るいは横顔を見せた。煙を吐き終わってから向き直る。

「ごめんね、急に。驚いたでしょう」

「はい」

ちょうどやってきた店員はコーヒーを友之の前に置き、クリームソーダをるいの前に置いて、レシートを置いていった。

るいはクスッと笑って、クリームソーダとコーヒーを入れ替える。

「あのね、友之くんに話したいことがあったの」

「はい」

そう言ってから、るいはなかなか本題に入ろうとしない。大学では何を学んでいるのか、将来はどうするのか、と脱線してばかりだった。

クリームソーダのアイスをスプーンですくって食べて、ソーダを飲み干した頃、ようやくるいは言いにくそうに口を開いた。

「あのね、友之くん、四月のお誕生日過ぎて……もう、成人したんだよね」

祖母の葬儀では、友之に年齢を聞いていたが、実は誕生日も知っていたのかと驚いた。

「そんなビックリした顔しないでよ」

るいが親しげな口調で話すのに、友之は敬語を通す。

「はい」

「ずっと、言わなきゃって思っていたの、わたしね、本当は」

るいの告白は、友之の長年の疑問を解いていくものだった。

わたしが高校生だったころ、好きな人がいてね。その同級生の男の子と両思いになってとても嬉しかったんだけど、先走りし過ぎちゃって……その、妊娠しちゃったの。気づいたときにはもう処置の仕様がなくなっていた。相手の男の子も困っちゃって、でもお腹は出てくるし、仕方なく母親に話した。

それからパニックよ。両親も、あとすでに結婚していたお姉ちゃんも……順調にいけば子どもは春には生まれてしまう。でもまだ結婚なんて考えられないし……相手もまだ十七歳だったから。

相手の親とうちの親が話し合って、「お宅の息子が娘を穢(けが)した」「息子は誘惑された」なんてドラマみたいにお互いの子どもを責め合って最終的に決裂して……その間にお腹はふくれていくし、相手の男の子とも連絡取れないし……冬から学校を休学して、ともかく出産に備えていたら、突然姉さんから提案されたの。

「その赤ちゃん、わたしにちょうだい」

姉さんは早くに結婚して三年目、子どもができなくて向こうの家から責められていたみたい。それで子どもがどうしても欲しかった。偶然なんだけど、わたしと同時期に姉さんも妊娠したの。だけど流産して……やっと妊娠したのに、産んであげられなかったって姉さんは落ち込んで。そんなときにわたしが子どもを産むのを知って「他人の子より妹の子なら」って義兄さんも説得して引き取る決心をした。うちの両親も渡りに船とばかりにその提案に乗った。そして生まれた子は伊勢田家にもらわれていったの。

それから五年後と七年後に姉さんは自分の子どもを産んだ。だけどあなたを長男として、ちゃんと育ててくれた。

友之は最後まで口を挟まずにるいの話を聞いていた。

るいは途中で何度も涙を流した。いったい何のために泣いているのだろう、友之はその涙を観察していた。

「あなたが二十歳になったら、本当のことを話すって決めていた……」

るいのマスカラが流れて目の周りは黒くなっている。ファンデーションもはげて、年相応、母さんより七つ下の三十八歳の顔がそこにあった。

「でもね、わたしじゃこんなに優秀な子に育てられなかったと思う。姉さんと義兄さんには感謝しているわ」

友之には言葉が出なかった。そこに置き去りにした子どもへの思いはなかった。ずいぶん前に覚えた怒りが再燃しているのを感じた。

「あの、ずっと、どうしていたんですか？」

「え？」

「ぼくを、伊勢田家に渡してから、それから」

少し考えるような表情を浮かべ、水を一口飲んで唇を湿らせてから、るいは話した。

「さすがに学校に行くのははばかられたから、退学して大検を受けた。それから進学した大学でね、出会った先生から発展途上国の支援の話を聞いて、海外ボランティアでフィリピンに行ったの」

母が自分を必死に育てているときに、この人は暢気（のんき）にフィリピンへ行っていたと聞いて、友之はあっけにとられた。

るいは途上国支援を仕事にしようと思ったが、結局大学を中退したという。

「わたしがやりたい仕事に就くには、大学院まで行かなきゃならないってわかってね。でもそんなに勉強していたら人生がもったいないじゃない。わたしは早く困っている人を助けたくて、大学をやめて行くことにした。母さんや姉さんには反対されたけど、自分の人生だもの。好きに生きたいじゃない」

——好きに生きるために、おれを捨てたのか。

「友之君も勉強も大事だけど、世界に目を向けなきゃだめよ。世界は広いから。わたしはもうすぐ日本を離れるわ」

「嘘……嘘だよ」

思わず心の声が出た。るいを信じることができなかった。

「嘘じゃないわよ」

冗談っぽくるいは笑った。

会計はるいが持った。店を出て、お礼を言おうとしたら、るいの態度が少しおかしいことに気付いた。

「……どうしたんですか?」

「今のお会計で、残り千円になっちゃった」

財布の中を見せながら、おどける。

友之はしばらく考えてから、鞄から財布を取り出し、入ったばかりのバイト代の三万円を抜いて手渡した。

「そんな、いいわよ」

そう言いながら、るいは本気では拒否していない感じだ。

「今、これしかありません。これから一生海外にいてください。もう会いに来ないでください。親とも何とも思っていませんから」

そう言い捨てると、るいに背を向けて歩き出した。

あの人の言うことが信じられない。あの人は嘘ばかり言っている。嘘をついてでも、自由に生きたいんだ。子どもを置いてでも——。

駅とは反対方向だったが、友之はるいが待っているような気がして、駅に向かう気にならなかった。

友之は大学を卒業し、外資系の銀行に就職した。初めて父の意思に背いた。

「一度は社会に出てみたい。家業を継ぐのはそれからでも遅くないと思う」

友之がそういうと、父は黙ってうなずいた。

弟の哲也は高校を中退すると「学校に行かないなら、自立しなさい」と父から命が出た。まさか居場所を失うと思っていなかった哲也は困って友之を頼った。

「兄さん、どうしたらいい？」

友之は哲也がかわいかった。勉強は得意ではないし感情の起伏が激しいが、案外素直なところがあった。友之は学生時代の知り合いのつてを辿って、建築業の現場仕事を紹介してもらった。住まいは友之が初期費用を出して、実家から一駅離れたアパートを借りてやった。

「おれができるのはここまでだ。あとはお前の力で勝負しろ」

友之の言葉に、哲也はうなずいた。それから懸命に働き、職場にも徐々に溶け込んだ。母はときおり哲也のアパートに出かけて、家事を担ってやったりもしていた。哲也が家を出ると桃佳も部屋にこもることはなくなり、家に平穏が戻った。

「友ちゃんのおかげだわ。うちの家が元に戻ったのは。本当にありがとう」

母が涙ぐみながら言った時、息子としてやっと役に立てた、と感慨深かった。母が自分を恐れることもなくなった。

やっぱり近すぎるからこじれるのだ。哲也は本当の息子だからわがままができた。おれは少し離れているくらいがちょうどいい。

あの人は、遠く離れて、思い出さないくらい遠いところにいてほしい。

近づいてはいけない、わかっていたのにそうできなくなった出来事が起きた。友之は木村美月に引き寄せられ、彼女から離れることが恐ろしくなった。彼女に婚約者がいるとわかっていても——。

銀行をやめて、イセダ清掃を支えてほしい、と父が頭を下げた日、友之は軽いパニックになった。あの父が頭を下げるなんて……。

「紹介したい人がいるんだ」

思わず口から出た。まだ美月に正式に交際を申し込んでもいない。それは美月が正式に婚約を破棄してからにするつもりだった。かなり先走ってしまったが、仕方がない。

友之は会社を継ぐのと同時に、いずれ美月と結婚しようと決めた。なのに、予定は狂った。

美月はあっさりと自分のもとから去った。妊娠と流産を告げて——もしかしたら美月の腹には自分の子がいたのかもしれない——生まれなかった子と、産めなかった美月がかわいそうだった。

今、この披露宴会場には、哲也と桃佳、それぞれの子がいる。血縁の甥っ子、姪っ子は掛け値なしにかわいい。おそらく責任がないから無性に愛せる。実の子ならそうはいかないだろう。

そういう意味で言えば、父母は友之に一番厳しかった。実の子に対してよりもずっと――そのうえ父は一代で築いた会社の後継者として友之を選んでくれた。母はそのことを喜んでいた。

――こんな自分を愛し、わが子同様に育ててくれた。いくら感謝してもし足りないくらいだ。

十七歳で就職をした哲也は職場で認められて、下請け会社の正社員に登用された。二十五歳で同い年の事務員の女性と社内結婚し、二十八歳で長男、三年後には次男に恵まれた。桃佳は大学卒業後、大手商社で働いていたが、大学時代から付き合っていた二歳年上の先輩と結婚して、仕事をやめた。今は子育ての傍ら、実家の様子を見てくれる頼もしい存在だ。

二人は独身の兄に結婚するよう、度々プレッシャーをかけた。

「何にも言わないけど、父さんも母さんも心配しているのよ」

「心配してくれなくても、おれは大丈夫だよ」

二人がこぞって心配してくれるのがくすぐったくも、友之は嬉しかった。哲也は子どもができてからは父の目線でものを言う。

「兄さんが結婚しないと、伊勢田の会社はだれが後を継ぐんだよ？」

「別に子どもが継がなくても、ふさわしい奴がいるよ。そうだ、哲也のところの息子、二人いるんだから、ひとり養子にするか」

すると哲也が慌てて口を尖(とが)らせた。

「いくら兄さんでも、子どもはやれない」

「冗談だよ」

二人いるからといって、どっちか一人やれるわけがない。当たり前だ。

会場には静かな音楽が流れている。早紀は友人役の高野さんの祝辞に泣いていた。式に呼べる友人がいないから、人材派遣会社を通してきてもらったのだが、本当の友だちだと思えるような祝辞だった。

泣いている早紀の耳元でそっとつぶやいた。

「あの人とこれから友だちになれば？　おれのときと同じく」

早紀は泣きながら笑った。我ながらいい考えだと思う。

前から友だちだったか、後から友だちになったか、たったそれだけのこと。結果は同じなのだから。

美月と別れてから、女性とは縁遠くなった。転職して、出会いもなくなった。学生時代から清掃の現場手伝いに出てはきたが、経営にタッチするのは全く違う。やる気を見せようと今後の経営に関する提案を出してみるのだが、父はもちろん、古参の社員は頑固で昔ながらのやり方をなかなか変えない。ストレスはたまる一方で、ますます過食に走った。

営業部長と外回りをした日、直帰する部長を見送った友之は、たまたま目に入ったガラス張りのカフェに入った。ほとんど来たことのない町で土地勘がなかった。店内は若者が多く、自分のようなスーツ姿の人間はいない。でも歩き疲れた足が痛くて、ともかく座りたかった。

「いらっしゃいませ」

店員が差し出すメニューの、甘そうなパンケーキのイラストに惹かれた。

「このパンケーキと、アイスコーヒー」

「少々お待ちください」

水を飲みほして一息つくと、店内をさりげなく見渡した。どこかの清掃会社が入っているのかをつい見てしまう。店内に目立って汚れた個所はない。途中トイレにも立ったが、隅々まで清潔に保たれていた。意外と見落としてしまいがちな電気のスイッチも手あかのあとがない。

席に戻ると、カウンター近くで三人の店員がおしゃべりに興じている姿が目に入った。

——掃除はしっかりしているが、人がだめだな。

そんなことを思っていると、さきほど注文を取りに来た店員がパンケーキとアイスコーヒーを運んできた。

「お待たせしました」

手際よく皿を置くと「ごゆっくりお過ごしください」と去っていった。

再び水を飲みほして気付いた。

水が足されている。トイレに立っている間に足したのか……それに飲みほしたコップを目の前に置いたはずが、席に戻った時にはコップは左わきに寄せられていた。注文の品を置くことを考えて、コップの位置を改めたのだろう。

食べ終わって、先ほどの店員の姿を探す。彼女は店内を回遊するように動き、客のいるテーブルに近づくと、そっと観察している。追加注文はないか、水は足りているか、そろそろお勘定か。

それに比べると他の店員は働いているふりをしているだけだった。

次にそのカフェに立ち寄ったのは、半年後だった。三度目はさらに八ヶ月後で、もう辞めているかもと思ったが、あの店員はいた。

働いているふりの店員は全員いなくなっていた。彼女は新人と思われるバイト店員に指導しながら、てきぱきと動いている。

その横顔になぜか憂いが漂っているように見えた。

気になりながらも、友之は何を話しかけることもなく、店を出た。

ある日、清掃を受けもっているマンションで彼女らしき人を見かけた。ゴミ捨てを手伝った際に「引っ越しをする」と言っていた。

その後、休みの日にわざわざ店へ出向いたが、彼女の姿はなかった。

シフトでいないのだろうか。それとも辞めたのだろうか……メロンソーダを一杯飲んで、コーヒーを追加注文して二時間ほど過ごしたが、彼女は現れなかった。なんとなく店内が暗くなったように感じる。

会計の際に思い切って、店長と思しき男性に聞いてみた。

「あの、ここのガラスは業者に清掃を頼んでいるのですか?」

「え?」

意外な質問に店長が声を上げた。

「いや、前に来た時より磨きが足りないと思ったので、どこかの業者に頼んでいるなら、言った方がいいですよ」

「申し訳ありません。業者ではなく、うちの店員が毎日拭いているんですけど、注意しておきます」

店長は大げさに頭を下げる。

「……前は本当にきれいだったから」

「最近長く勤めていた子が辞めて、その子がいつもきれいにしてくれていたんですよね」

そう聞いて、友之は店を出た。

――やっぱり辞めてしまったんだ。

会えなくて残念だった。別に恋愛感情じゃない。あの細やかな仕事ぶりなら、どこでも通用するだろう。きっと別の職場で働いている……そんな風に考えて、忘れることにした。

その後、彼女とは意外な再会をし、友だちとなった。紆余曲折があり彼女はイセダ清掃で働き始め、友之とは上司と部下となった。

「兄さん、るい叔母さんって覚えている？」

ある日、桃佳が電話をかけてきて、いきなりそう言った。

「あぁ……母さんの妹の」

最後に逢ってから、一度も口にしていない名前だった。

「さっき、テレビを見ていたらるい叔母さんが映ったの」

「え？」

「なんか、危険な地域にいるみたいなの……」

イセダ清掃に入社してから、実家を出て近くに家を借りていた友之は、電話をもらったその夜に実家を訪れた。

「兄さん、おかえり」

結婚後に家を出た桃佳が迎えてくれた。

桃佳は自然な調子で友之のジャケットを脱がせてくれた。そのままリビングに入ると、母が三人掛けソファの真ん中に座っていた。

その目から涙があふれている。体が一回り小さくなったように見えた。

「母さん、痩せたな」

友之は桃佳にだけ聞こえる声で言うと、

「わたしもそう思う。近々病院に連れていく」

「ありがとう。頼む」

「前から思ってたけど、兄さんって家族への礼儀を大事にするわね」

「そうか？」

「……見習うようにするわ」

真剣な口調で桃佳は言った。

友之の来訪に気付くと、母は立ち上がった。

「友ちゃん、るいが……」

友之はすがるようにそばに来た母をソファに座らせた。

それから桃佳が「とっさに録画した」というその映像を見た。

ニュースの特集コーナーと思われる映像には、近年危険を叫ばれている紛争地域が映し出された。画面に映る建物は土色をして、形が崩れている。るいらしき人はいない。

「この後、るい叔母さんが映るから」

褐色の肌をした人々の中に、明らかに違う人種の女性が映る。明るい色の布を帽子代わりに頭に巻いた女性が画面の端に映った。

「るい叔母さん……」

その瞬間、どこかで爆発が起こり、逃げようとするるいとおぼしき横顔が画面を横切った。

それ以降の映像に女性の姿はなかった。

「るい、かしら。友ちゃん……」

母の声は否定してくれ、と言っているが、るいによく似ていた。

「調べてみたんだけど、この難民キャンプでテロが起きたみたいなの……叔母さんの名前を検索したら、ボランティアで貧困地域を訪ねて支援する団体のブログにそれらしい人が登場している……るいちゃん、るいさんとだけ書かれていて苗字(みょうじ)はないけど、るい叔母さんのことじゃない？」

用意周到な桃佳は、友之が知りたいことを全て(すべ)調べていた。

「桃佳、子育てが一段落したら、もう一度働いたらどうだ。秘書なんか向いているぞ」

「今そんなこと言っている場合じゃないでしょう……この時の爆破でかなりの死傷者が出ていて、るい叔母さんも巻き込まれた可能性はある」

母は、一時停止になっている画面にくぎ付けになっていた。友之は母の隣に座り、横顔を盗み見た。母は自分に言い聞かせるようにつぶやいている。

「あの子は、るいは、弱い人を助けたいって言っていた……最後に連絡くれた時、もう日本には帰らない覚悟だし、わたしのことは死んだと思ってくれって……」

「……そう言ってきたの、いつの話？」

ゆっくりと母が友之の顔を見た。

「二十年以上前のことかしら……」

「……」

友之はあの時、るいに言った言葉を思い出す。

——これから一生海外にいてください。もう会いに来ないでください。親とも何とも思っていませんから。

自分勝手で、周りに迷惑ばかりかけて、あっけらかんとして、実の息子より、ほかの国の心配をして……嘘じゃなかった。るいは嘘はついていなかった。本当の気持ちだけを言っていた。

今の両親が本当の両親ではない、ということを結婚が決まってから早紀に伝えた。

「なんとなくわかる気がする……ご両親に遠慮している感じがしたから」

「両親は真実を言わない。おれも触れられない……情けないけど、真実を確かめるのが怖いんだよな」

結婚式の打ち合わせでよく利用するようになった深夜のファミレスには、普段口にできないようなことも言わせる空気があるようで、友之は本音をここで吐いてしまった。

「本当のお母さん、るいさんはどうしているの？」

三杯目のコーヒーを飲みながら早紀が尋ねた。

「生きているのか、死んでいるのか、わからないまま……考えてみたら本当の父親の顔も見たことないんだよな、おれ」

「寂しい？」

「……よくわからない。見たことがないから、一回見たいってだけかも」

「探そうか？」

「いいよ、今更。向こうも困るだろう」

「男は、男に甘い」

早紀は披露宴の準備のノートをめくりながら言った。

「披露宴の最後、両親への花束贈呈はぜひやりましょう」

「え、それはいいよ。早紀ちゃんには、両親いないんだし」

「何言っているの。ここでご両親への思いを伝えなきゃ」

早紀は花束贈呈を予定に組み込んだ。


そして、その時が来た。

伊勢田家の両親、友之・早紀夫妻が会場後方のスペースでスポットライトを浴びて並ぶ。友之は暑さと緊張のせいで、汗の雨が滝になりつつあった。花束贈呈をすませると、司会者に促され、父の挨拶が始まった。

「ただいまご紹介にあずかりました、新郎の父、伊勢田光男でございます……」

父の声が以前に比べて弱々しくなった気がする。隣に立つ黒留袖(くろとめそで)の母は、病気のせいでずいぶん痩せた。でもこの式に出席することを目標にして治療を受けてきた。自分の結婚が母を奮い立たせているというだけで、友之は瞼(まぶた)が熱くなる。

「……なにぶん未熟な二人ですが、どうぞ温かく見守っていただければと思います……はなはだ簡単ではございますが、両家を代表し、これにてお礼の言葉とさせていただきます。本日は誠にありがとうございました」

大きな拍手が起きた。

次は友之がスタンドマイクの前に立つ。人前で話すことは慣れている、とメモや紙は用意しなかった。片方の瞼が痙攣している。緊張がこみ上げて、過剰に繰り返す瞬きを自覚した。

話そうと思っていた言葉が飛んでいき、頭の中のシナリオは真っ白だった。みな真剣な表情で見つめている。ふと、友之の腕に早紀の腕が触れた。早紀が微笑んでいる。よく見ると口元が動いて何か話している。

早紀が何と言っているのかはわからなかったが、なぜか友之は落ち着きを取り戻し、一息吸って話し出した。

「みなさん、本日はありがとうございます。とても嬉しくて、こんなことならもっと早く結婚しておけばよかった、と思うくらいです」

会場から笑い声が上がった。

「それというのも、自分はずっと誰とも結婚をしないで生きていくのだと思っていました。なかなか出会いがないということもありましたが、これまでの経験から、臆病になっていたのだと思います」

早紀がこっちを見たのがわかった。

「その気持ちを変えてくれたのが、隣にいる早紀です。彼女はわたしに勇気をくれました。これまで起きたさまざまなことが、彼女と出会うまでの必然だとするなら受け入れられる……そんな気持ちになりました。

今日ここへお運びいただいた皆さまは、わたしの人生を作ってくれた人たちです。これからは早紀とともによろしくお願いします……今日ここにいない、これまで出会った方々にも感謝しています。皆さまひとりひとりがいなければ、わたしはここにおりませんでした。

……たぶん早紀とも出会えませんでした。本日はありがとうございました」

滝のような汗が、きっとごまかしてくれているはず。友之は頭を下げると、ポケットのハンカチで涙をぬぐった。

会場入り口ですべてのゲストを見送ったあと、さっき、なんて言ったの？と友之は問うた。すると早紀は耳元に顔を寄せて言った。

「ありがとう、結婚してくれて」

解説

一木けい

過去に誰かがくれた、宝物のような一言を思い浮かべてみてほしい。その言葉は、考えに考えて発せられたものだろうか。それとも、とっさに口からこぼれ出たものだろうか。

本書に収録された「祈り」という一篇で、友之（ともゆき）が美月（みつき）にした別れ際（ぎわ）の問いは後者だ。最後に会ったとき友之が口にしたそのセリフは、この物語全体に巡る、祈りと祝福の象徴である。

『残りものには、過去がある』は、いままさに夫婦になろうとしている二人を軸とした連作短篇集だ。舞台は、坂をのぼりきったところにあるホテル・オーハシ。

新郎友之は、四十七歳の清掃会社社長。カバに似ていて、汗かきで、温厚。

新婦の早紀（さき）は二十九歳。細面で凛々（りり）しい。大学在学中に両親を亡（な）くしている。

収められた六篇のうち、前半の三篇は、同じテーブルについた新婦の友人（栄子）、新郎の友人（池田）、新婦の従姉（貴子）がそれぞれ視点人物となる。「残りものが集められたみたい」と貴子が感じる、七名の席だ（ひょんな出来事から一瞬だけ八名になるが）。

彼らは皆、人には言えない本心を押し隠している。それは新郎新婦も同じで、実はこの結婚には、参列者の誰も予想しない秘密がある。

「祝辞」の語り手は、新婦の友人栄子。彼女は、ある一言がきっかけで夫とぎくしゃくしている。式の最中も夫とのこれまでを思い出して不安になり、自分たちの結婚は間違いだったのかも、とすら考える。新婦の友人代表として、実は初対面の人に祝辞を述べるという大役を控えながら。栄子は彼女の本当の友だちではない。レンタル友だちなのだ。

参列者の会話を栄子は耳にする。「玉の輿」「お金目当て」「年の差婚で、格差婚」

確かに栄子の目から見ても、二人は釣り合っていない。お互いに欠けているものを埋め合うのが結婚なのかもしれない、と栄子は考える。そして新郎新婦に心のなかで問いかける。

あなたたちは、互いに望んで結婚したのですか？

それとも何かを交換し合ったのですか？

この問いは、そのまま栄子自身への問いでもある。

祝辞を読む直前、栄子は自分たちの結婚に答えを出す。そして祝辞を読みながら、その答えに対する確信を強めていく。そんな栄子の読む祝辞は力強く、聴く者の胸をうつ。


本書に登場する人たちは皆、「あの日」を抱えている。しこりとなる言葉、事故、猜疑心のはじまり。

続く「過去の人」に出てくる池田もそうだ。新郎の友人である彼は、大手広告代理店のマーケティング部に勤めている。四十七歳という年齢のわりにスマートで自分に自信がありそうだが、実際は五年前に別れた元妻の一言が忘れられず、あれはいったいどういう意味だったのかとくさくさしている。さらに先日、会社で部下たちに「過去の人」と言われているのを聞いてしまった。

そんななか訪れたホテル・オーハシで池田は、ある謎めいた女性と出会う。聡美と名乗るその人は、ちいさな姪を連れていた。池田は聡美にほのかな好意を抱き、先走った妄想を繰り広げたり、こっそり検索した鶴の折り方を姪に教えてあげたりする。「折り鶴は、病気の人にあげたり、頑張ってほしい人にあげたりすると願いが叶うんだ」と言って。

その後、遅れて入った披露宴で、池田は衝撃を受ける。高校時代、新郎の友之は伊勢田という苗字をもじって「伊勢ふく」と呼ばれていた。ふくよかで、裕福で、女子の心を和ませる、その伊勢ふくの結婚相手が、驚くほど若く美しい。

金か、やっぱり。池田は確信する。

思い込みはブーメラン、というのが、この小説を読みはじめて最初に頭に浮かんだ言葉だった。思い込みは、自分の過去を覗くことでもある。特にこの池田の章で、私はそのことを何度も実感させられた。

ぺしゃんこになっていた池田の自尊心が急激に膨らんでいく瞬間は滑稽だが、同時に納得もする。傍から見たらそんなことで、というような聡美の一言で、池田は力を取り戻す。

「約束」は苦しい悔恨の一篇である。

新婦早紀の従姉である貴子は、ある理由から、自分が早紀の両親を死なせてしまったと悔やみ続けている。かつては表参道の有名美容室で働いていたが、いまは引きこもり、友人たちとの縁も切って、自分に罰を与え続けている。

貴子は早紀といろんな約束をしてきた。仲良しでいる約束。早紀の結婚式で貴子がヘアメイクをする約束。貴子が美容室の昇進試験を受ける日、早紀がモデルになる約束。

果たされた約束と、その裏で果たされなかった約束。

終盤、「過去の人」に登場した聡美の姪と、貴子の人生が交差する場面がある。ただ一瞬、目が合うだけ。その目の中に、貴子はある思いを感じ取る。眼差(まなざ)しが、貴子に行動を起こさせる。強い印象を残すシーンだ。

たまたま人生がほんの一瞬交差した人が、その人の本質を見抜くことってある。聡美の姪と貴子だけじゃない。池田と聡美も、早紀と栄子も。そういう相手が、その後の人生を生き抜く力となる言葉や気づきをくれることだってある。

ここで冒頭に挙げた「祈り」に入る。

唯一(ゆいいつ)、参列していない人物が語る章だ。美月と友之のあいだに起きたことなど何も知らないかつての同僚が、結婚式の様子を伝えてくる。美月は友之との過去をそっと取り出して、見つめる。

友之と出会ったとき、美月には遠距離恋愛中の婚約者がいた。本の感想になど興味もない、儀式のような行為をする、痩せ型で支配的な男。一方友之は、縦にも横にも大きい体格ながら威圧感のない、楽で愛しい男。ふたりの男の間で、美月は揺れる。

章の中盤、本書全体を通して、最大速度の風が吹く。

友之が、美月に向かって突っ走るのだ。奥手でのんびりした、伊勢ふくと呼ばれた友之が、それまでのためらいをすべて取っ払って、猛然と。ぎりぎりの緊張感を保っていた二人の壁を、友之が破ってしまうその瞬間は、凄まじく色っぽい。なにがなんでもあなたが欲しいという、がむしゃらさ。読者である私たちは友之のスピードと躍動に呑み込まれ、息を詰めてふたりを見守ることになる。自信、強気。それまでの人生で最も遠くにあったものを全身に漲らせ、彼は勇気を振り絞る。

そこで美月が発する、ずっと心の底に縛り付けていた三文字に、鳥肌が立った。

しかし竜巻のような愛は離れ、再び彼らの人生は凪ぎ、別々の道を歩むことになる。

いままさに結婚式を挙げている友之のことを、美月は思う。大切な人のそばにいられなくても、遠くで幸せをそっと祈る、そんな愛情があってもいいと思わされる。ラスト数行、畳みかけるような愛の祈りには凄みすらあり、瞬きするのも惜しいほどだ。

結婚の真実が明らかになるのは、新婦早紀が語る章。

「愛でなくても」とはどことなく突き放すようなタイトルだが、最後まで読めば印象は変わるはずだ。早紀の強い決意と決別が清々しい。

最終章「愛のかたち」で、友之の生きてきた世界が描かれる。

友之は小四の夏、ある事実を知ってしまった経験から、不安でどこか自信がなく、自分より他人を優先させるようになった。何かを強く主張することなどなく、愛されキャラとしてふるまってきた。

それを解放させてくれたのが、「祈り」に登場する美月だ。美月が友之のことを考えている頃、友之もまた美月のことを考えている。友之は美月にこっぴどくふられた、と思い込んでいる。

美月との別れのあと友之は早紀と出会う。「あなたが溺れているなら、見過ごせない」と早紀は言う。溺れている人を見過ごせない人たちによって、愛情が巡る。池田が聡美の姪に教えた折り鶴のように。

約束や日常の不確かさを知る新郎新婦。彼らの語る章を読むと、友之と同じように、愛を信じてもいいかな、と思える。

この小説にはいくつかの仕掛けがある。それによって、登場人物たちがここへたどり着くまでに何をうしない、いま切実に求めているものは何なのか、という秘密が、読んでいる自分の過去と併せてひらかれていくのが、苦しくも心地好かった。ラスト一行まで読み終えた読者はきっと、二人の結婚式を見届けられた幸福を感じ、温かな祈りに包まれるに違いない。新たな人生のはじまる瞬間を切り取った、祝福の光あふれる作品だ。

中江有里さんは「あの登場人物は、いまどうしているだろう」と時々思い返してしまう小説を書く人である。「シャンプー」(『恋愛仮免中』収録)のミサト然り、近著『万葉と沙羅』の万葉の叔父然り。

これまでの著者の作品同様、私はやはり「彼らのその先」に思いを巡らせたくなる。新郎新婦の今後には、三つの可能性があると思う。

一、信頼と愛情を深め、穏やかに慈しみ合う

二、何かのきっかけで変化が生じ、一般的とされる夫婦に近い形で愛し合うようになる

三、愛する相手を新たに見つけ（もしくは再会し）別々の人生を歩くどの道を想像しても幸福感を覚えるのが不思議だが、私はずっと、最後の道を思い描いている。

（二〇二一年十二月、作家）

この作品は二〇一九年一月新潮社より刊行された。

残りもの(のこ)には、過去(かこ)がある

新潮文庫　な-108-1

令和四年二月一日発行

著者　中江有里(なかえゆり)

発行者　佐藤隆信

発行所　株式会社新潮社

郵便番号　一六二―八七一一
東京都新宿区矢来町七一
電話　編集部(〇三)三二六六―五四四〇
　　　読者係(〇三)三二六六―五一一一
https://www.shinchosha.co.jp

価格はカバーに表示してあります。

乱丁・落丁本は、ご面倒ですが小社読者係宛ご送付ください。送料小社負担にてお取替えいたします。

印刷・錦明印刷株式会社　製本・錦明印刷株式会社

ISBN978-4-10-103641-0 C0193